珈琲店タレーランの事件簿 8
願いを叶えるマキアート

岡崎琢磨

宝島社
文庫

宝島社

珈琲店タレーランの事件簿8
願いを叶えるマキアート

目次

【 京都コーヒーフェスティバル会場：岡崎公園 】

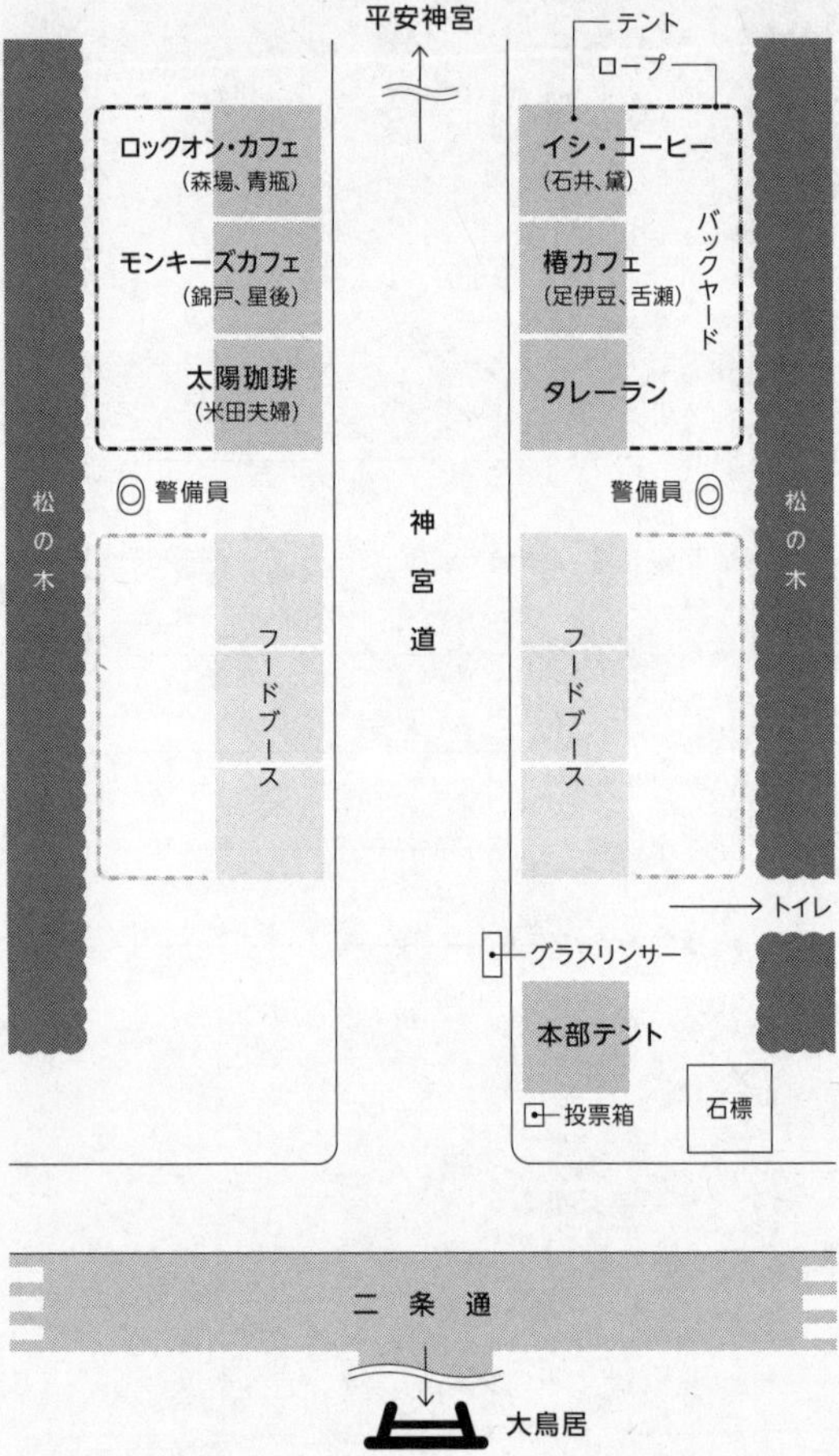

平安神宮
テント
ロープ
ロックオン・カフェ
（森場、青瓶）
モンキーズカフェ
（錦戸、星後）
太陽珈琲
（米田夫婦）
イシ・コーヒー
（石井、黛）
椿カフェ
（足伊豆、舌瀬）
タレーラン
バックヤード
警備員
警備員
松の木
松の木
神宮道
フードブース
フードブース
トイレ
グラスリンサー
本部テント
投票箱
石標
二　条　通
大鳥居

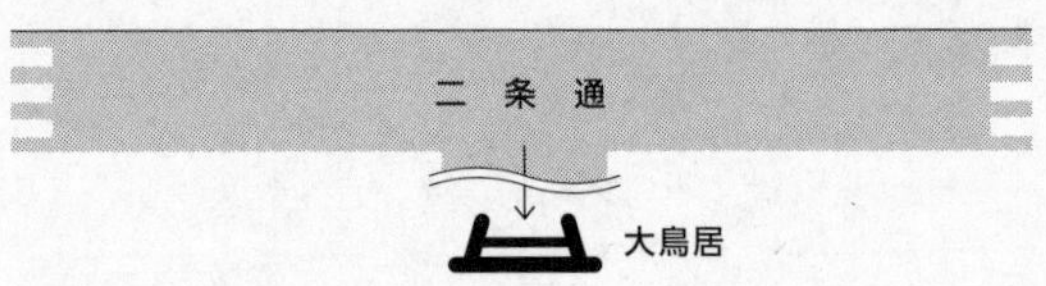

ああ、コーヒー。すべての憂いを追い払う。勉学する者、それを望む。
神の友の飲み物。それ飲まば、知恵を求める者に健やかさをもたらす。

——コーヒーを讃える（アラビアの詩）

珈琲店タレーランの事件簿8

願いを叶えるマキアート

本作は、前巻までの内容に関する言及を含みます。あらかじめご了承のうえ、
お読みください。

プロローグ　恋人たちのメッセージ

（メッセージアプリ『ラインライン』のスクリーンショットより）

茨：ごめん、別れてほしい

マイカ：本気？

茨：本当に申し訳ないと思ってる。でもいまは、どうしても仕事のほうを優先させたくて

マイカ：その気持ちは理解できるけど……後悔しない？

茨：何日も何日も悩んで、これ以外に選択肢はないと確信して、出した結論のつもり

マイカ：引き止めても、無駄なんだね

茨：簡単に覆る程度の決意なら、こんな話はしないよ

マイカ：わかった。いままでありがとう。楽しかった

茨：ごめん……

マイカ：もう、謝らないで

【茨がメッセージの送信を取り消しました】

第一章

祭りへの誘い

——出会った！

と、その瞬間に叫びたくなるかはさておき、振り返るとあのとき自分の運命は変わったな、と思わせてくれる出会いがある。

二五年すなわち四半世紀を生きた僕の人生においても、もちろん大小さまざまな出会いがありはしたが、その中でもとりわけ二つ、「出会った！」と叫ぶに値するほどの劇的なものがあった。

一つは中学生のころ、故郷の河原で出会った初恋の女性。彼女に気に入られたくて、僕はコーヒーを愛飲するようになり、そのコーヒーに人生を大きく左右されてきた。……別に、最初はモテるためだったとしてもいいではないか。動機に貴賤なし、である。

そしていま一つがおよそ三年前、たまたま立ち寄った喫茶店——現在も僕がその店内に身を置く純喫茶タレーラン、ここで飲んだコーヒーだ。

京都府京都市中京区、二条通と富小路通の交差点を上った——北上したあたりに立つ、レトロな電気看板が目印。双子のように並んだ家屋の軒が作るトンネルをくぐれば、京都の洛中のど真ん中とは思えぬほど広々とした庭が現れ、その奥に純喫茶タレーランの建物はある。

とがった屋根、赤茶けた板壁、ところどころに絡む蔦。初めてそこを訪れる者は扉を開けるのに少々の勇気を振り絞らねばならないが、その障壁を乗り越えた先に広がる空間は、一歩足を踏み入れれば誰もが羽毛でくるまれたような居心地のよさを感じられるはずだ。

　店内は柱時計や古びたテーブル、棚に飾られたソーサーカップなど、レトロかつ品のいい調度品で満たされている。緑がかった窓ガラスからは柔らかな陽(ひ)の光が射し込み、陽だまりにはタレーランのマスコットキャラクターことシャム猫のシャルルが、丸まってあくびをしている。ジャズの音色が耳をくすぐり、緩やかに呼吸をすれば、コーヒーの馥郁(ふくいく)たる香りが鼻腔(びこう)を駆け抜ける。

　美食家で知られるフランスの伯爵シャルル＝モーリス・ド・タレーラン＝ペリゴールは、「良いコーヒーとは、悪魔のように黒く、地獄のように熱く、天使のように純粋で、そして恋のように甘い」との格言を残した。ティーンエージャーのころに成り行きでその言葉どおりのコーヒーを探すことになった僕は、多年にわたってあまたのコーヒー店を渡り歩き——そしてこの純喫茶タレーランで、とうとう「出会った！」のである。

　その黒々とした液体を口に含めば、バランスのいい苦みとコクと酸味が味覚を刺激する。けれどもその去り際に、舌の先をほんの一撫(ひとな)でしていくように、甘さがふわりと余韻を残す。夢うつつで見る幻かのような甘みは、その輪郭がおぼろげであるからこそかえって鮮やかな印象を残し、また会いたい、何度でもその幻に手を伸ばしたいと思わせるのだ。

純喫茶タレーランのコーヒーとの出会いは、僕に大きく二つの変化をもたらした。

一つは理想のコーヒーを淹れてくれる女性、切間美星バリスタもまた、自分にとって理想の女性らしく思われたこと——異性を神聖視することがはらむ危険性にはじゅうぶん注意しなければならないが、僕がそのように感じ、彼女もまたまんざらでもなかったことは、まぎれもない事実である。

トレードマークは黒髪のボブカット。身長は小柄で、顔のパーツは派手ではないが調和が取れており優しげだ。営業中は自主的に、白のシャツと黒のパンツ、紺のエプロンを身に着けている。いわく、戦闘着らしい。

彼女が亡くなった大叔母の教えを守って淹れるコーヒーは大変美味で、その技術はまさしく一流だ。けれども、それに輪をかけて彼女を際立たせているのが、その聡明な頭脳である。謎めいた出来事に遭遇すると、彼女の脳はコーヒーミルのハンドルよろしくフル回転を始め、これまでにも営業中の店に客が持ち込む幾多の謎を解き明かしてきた。のみならず、妹の誘拐事件や自身が被害者となった傷害事件など、犯罪ですら警察に先んじて解決してみせたこともある。

そんな美星さんと、常連客と店員という立場で関わり続けること三年——体感的には一〇年くらい過ぎたような気がする——今年の春になってようやく、僕は彼女に恋人としての交際を正式に申し込んだ。「関係が変わってもいいのかも」という言葉で背中を押してくれた彼女に否まれるはずもなく、僕らは晴れて恋人と相成った。

そして、タレーランと「出会った！」ことによる人生の変化が、もう一つ。

カランと鐘の音がして、扉が開かれる。僕はそちらに向かって声を張った。

「いらっしゃいませ！」

——そう、今年の春から僕は、この純喫茶タレーランで働くことになったのだ。

もともとバリスタを養成する専門学校を卒業しており、いずれ自分の店を持つという目標を携えて、同じ京都市内のカフェに丸五年勤務してきた。ところが四ヶ月ほど前、この店のオーナー兼調理担当を務める美星さんの大叔父の藻川又次氏が狭心症の発作で倒れ手術を受けたので、彼のリハビリ期間、人手が足りなくなるのを見越して、みずから手伝いを買って出たのである。

幸い美星さんからこの店のコーヒーの淹れ方を教わっていた僕は即戦力と言ってよく、彼女も一週間ほどの逡巡の末、新たに着任した店長としての権限により、僕を雇うことを決めた。術後の経過も順調な藻川氏は現在週に二日の勤務、残りの四日を僕が請け負い、定休日の水曜をはさんで純喫茶タレーランはまずまず従来どおりの営業を続けている。

タレーランと「出会った！」ころは、まさかここが将来の職場になるとは思いもよらなかった。遅すぎる歩みを経て急激に関係性が変わったことに、僕と美星さんはうまく対処できている……かと言えばそうでもなく、とりあえずお店の営業中だけはいままでどおり丁寧語で話すことが暗黙の了解となっている。

――さて、そんな八月初旬の昼下がり。美星さんに合わせて白シャツと黒のパンツを着用した僕の「いらっしゃいませ！」を聞いて、店に入ってきた男性は顔をしかめた。

「いいよ、そんなに歓迎してくれなくて。てか、なんでオマエがここにいんの」

んぐぁ、と喉の奥で変な音が鳴る。

「あ……あなたは」

マッシュルームカットの黒髪。太い眉とアンバランスな細い目。銀のフレームの眼鏡。記憶にある姿と寸分たがわない。

石井春夫（いしいはるお）が、立っていた。

美星さんが第五回関西バリスタコンペティション（KBC）という大会に出場し、目の前の石井春夫バリスタらと競い合ったのはもう二年近く前だ。肝心の大会はトラブルまみれで、その混乱を最終的に収めたのも美星さんの聡明な頭脳だったが、そのトラブルの元凶となったのがこの石井春夫なのである。以来、僕は一度も彼と顔を合わせたことがなかったし、この店に彼がやってきたという話も聞かなかった。

とにかく、こいつは悪いやつだ！　僕はケガだってさせられたし。そのときの怨念を眉間の皺に込めつつ、僕は答える。

「この春から、僕もタレーランで働き始めたんですよ」

「ふぅん。――お久しぶり、美星バリスタ。元気だった？」

僕には虫の死骸でも見るような目を向けていたくせに、美星さんに声をかけるときには喜色満面になっていた。中国の変面にも劣らぬ変わり身の速さだ。

「えっと、おかげさまで……どうしたんです、藪から棒に。ＫＢＣでお会いしてから、これまで何の音沙汰もありませんでしたのに」

美星さんもとまどっている。

カウンターのほうへずいと歩み出て、石井は言った。

「それがなんと、今日は美星ちゃんにおいしい話を持ってきたのよ」

《バリスタ》から、もう《ちゃん》づけか。はぐれメタル倒したときくらい一瞬でレベルアップするじゃん。

「怪しい勧誘なら間に合ってます」

「そう言いなさんなって。詳しい話は、彼女から聞いてもらおう。――入っておいで！」

すると開けっ放しにしていた扉から、女性が一人、駆け込んできた。

石井には悪いが、彼が《彼女》と表したのが、明らかに恋人の意ではなさそうだったので安堵した。現在三十六、七歳のはずの石井より一回りほども若く、この暑いのにグレーのスカートスーツを着ていて、いかにもちゃんとした社会人らしく見える。ちんぴらみたいな派手な柄シャツの石井と彼女が肩寄せ合って歩く姿は、いかに想像力をたくましくしても思い描くことができなかった。

猛暑の炎天下で待機させられたからだろう、こめかみに汗を浮かべた女性は、ヒールを鳴らしながらぎくしゃく歩く。そして、カウンターの奥に立つ美星さんに向かって、がばっと頭を下げた。

「初めまして！　わたくし、京都市内にありますイベント運営会社サクラチルより参りました、中田朝子と申します！」

後ろで一つに束ねたロングの茶髪が、牛のしっぽのように揺れる。

「桜……散る？」

「はい。京都と言えば桜、その桜が散る美しさと、英語で『くつろぐ、まったりする』という意味を持つchill outという言葉をかけた社名です。桜の持つ華やかさに加え、イベントでくつろいでほしいという願いを込めてあります」

中田はにこにこしているけれど、『散る』はどうも社名に入れるには不吉である気がしてならない。というか、よく考えたらイベントで『サクラ』もやばいんじゃないか。

やはりちゃんとした社会人らしく、カウンターから出てきた美星さんに名刺を差し出しながら、中田は口上を続ける。

「このたびは純喫茶タレーランさんに折り入ってご相談があり、石井さんにご紹介していただくこととなりました」

「それはつまり、ビジネスのお話でしょうか」

「はい！」

「でしたら、事前にアポを取っていただかないと……いまは営業中で、お客さんの目もありますし」

困惑する美星さんの発言を受けて店内を見渡せば、興味津々にこちらの会話に聞き耳を立てている客が、三組計五名。

中田はきょとんとして石井に言った。

「あれ？　アポ、取ってくれたんじゃなかったんですか」

「な、なーんでおれがそこまでやらなきゃいけないんだよ！　連れてきてやったのも厚意だってのに」

石井は憤慨する。彼の言い分はもっともだ。

「ひゃあああ！　た、大変失礼いたしました！」

中田が再び、勢いよく頭を下げた。ちゃんとした社会人らしく……は、もはや見えない……。

「お顔を上げてください。次から気をつけていただければ結構ですので」

美星さんは怒っているわけではないらしい。

「出直したほうがよろしいでしょうか……」

中田の目は潤んでいる。この人、あれだな。天然だな。

「そんな、わざわざご足労いただきましたのに。いまは手も足りてますから、お話うかがいます」

「ありがとうございます！」

中田は叫び、三度めのお辞儀をした。このペースでいくと彼女は今日じゅうに、ウルトラマンのソフビ人形みたいに上半身と下半身がかぱっと外れてしまうだろう。

窓際の四人掛けのテーブル席に石井と中田が並んで腰を下ろし、中田の向かいに美星さんが収まる。僕はその間キッチンを守ることになったが、距離が近いので三人の会話は丸聞こえだ。

「弊社では現在、一〇月に開催予定の『第一回京都コーヒーフェスティバル』というイベントを企画運営しております」

中田は持参した黒のバッグから、ステープラーで角を留めた資料とおぼしき紙の束を差し出す。

「ご存じのとおり、京都では古くから喫茶店が市民に親しまれ、コーヒーが愛されてきました。総務省の家計調査によります昨年までの三年間の平均データでは、品目別都道府県庁所在市及び政令指定都市ランキングにおいて、コーヒーの消費量と消費金額双方において京都市が第一位を獲得しております」

コーヒー好きのあいだでは有名な話だが、そうでない人からは意外に思われるかもしれない。和のイメージに反し、京都は全国でもっともコーヒーが飲まれる街なのだ。余談だが、コーヒーと一緒に食されることの多いパンもまた、消費量では京都市が第一位に輝いている。

「弊社はこの点に注目し、京都で暮らす人々のあいだに根づいたコーヒー文化のさらなる発展を目指すべく、京都コーヒーフェスティバルを立ち上げました。簡単にご説明しますと、京都府下で人気のコーヒー店が一堂に会し、それぞれのブースを回ることでコーヒーの飲み比べができるというイベントです」

「同様のイベントが、確か春ごろに開催されてましたよね」

「さすが、お詳しいですね。今年の五月に、同じ京都市内で『第一回京都珈琲商店街』というイベントが、別の会社によって開催されました。こちら大変盛況でして、参加された店舗さんはいずれもイベント後に客足が大きく伸びたそうです」

「その反響を受けて、御社でも類似の企画を立ち上げた、ということですか?」

「そうです。言ってしまえば、パクリですね」

悪びれもせず、中田は言ってのける。まぁ、この手の食のイベントはいまや日本全国で枚挙に暇がないので、批判されるほどのことでもないだろう。

「名店の多い京都でのコーヒーイベントの開催は、必ずや多くのお客様を惹きつけるでしょう。つきましては」

と、中田が身を乗り出す。

「純喫茶タレーランさんに、ぜひともご出店をお願いしたく」

「光栄なお話ではありますが、どうして当店なのでしょうか? 中田さんは、うちのお店を利用されたことがないのでは、と」

客商売をしている必要上、美星さんは客の顔を憶えるのに長けている。一度タレーランを訪れた客のことは、よほど見た目が変わっていない限り、基本的に忘れないらしい。

「それは、ですね――」

「おれが推薦したからだよ」

ここで、石井が割って入った。

「石井さんが？」

「美星ちゃんの淹れるコーヒーは、このイベントで売るのにうってつけだと思ってね」

「なぜです。私、石井さんにコーヒーを淹れて差し上げたことなどありませんけど」

「忘れたのかい。ＫＢＣできみが関係者全員に、実験と称してコーヒーを振る舞ったのを」

「でも、あれはほんの少量でしたし……」

「あれだけ飲みゃあ、じゅうぶんだよ。こっちだってプロだもん」

胸を張る石井を、美星さんは穴でも穿つように見つめている。あの石井春夫が純粋な善意で推薦などするわけがない、絶対何か裏がある――の、目だ。

「そもそもは、わたしが家の近所にあるイシ・コーヒーにかよっていたことが発端でして」

中田が説明を引き継ぐ。イシ・コーヒーとは、石井春夫が働いているコーヒー店の名前だ。父親が開いたお店を、元マジシャン志望の石井が手伝うようになったと聞いている。

「石井さんの淹れてくれるコーヒー、すっごくおいしいんですよぉ。気に入ってかよってるうちに、石井さんとも親しくなって。今回、わが社で新たなイベントを企画することになったとき、すぐに石井さんの顔が浮かびました。それで、京都コーヒーフエスティバルの企画書を作成しましたところ、会議ですんなり通ったんです」

中田がしゃべるのを聞きながら、僕は引っかかりを覚えていた。

僕は石井が淹れたコーヒーを飲んだことがない。ただ、ＫＢＣに参加していた別のバリスタは、こんな風に評していた。

──大味なんだよ、あいつの淹れるコーヒーは。舌が繊細にできていないし、それを鍛えようとする気概も見受けられない。

まぁ、そのバリスタや僕らと違って、中田はコーヒーに関する専門家ではないはずだ。石井の淹れるコーヒーを、《すっごくおいしい》と感じたとしてもおかしくはない。

「では、イシ・コーヒーも出店されるのですね」

「当然。それだけじゃなく、イベント全般のアドバイザー的な立場として、おれが朝子ちゃんをアシストしてるってわけ」

そうそう、と中田がうなずく。

「本当はわたしのほうでお店の選定から出店交渉までできたらよかったんですけど、なにぶん思いつきで作った企画書だったので、出ていただけそうなお店の当てが少なくて。それで石井さんに泣きついたら、こちらのタレーランさんをご紹介いただいたというしだいでして」

「何ていうか……ご苦労なさっているのですね」

美星さんは精一杯言葉を和らげたつもりかもしれないが、かえって皮肉になっているのが悲しい。勢いだけの、行き当たりばったりのイベント運営に、胸中では呆(あき)れているのだろう。

「えへへ。お気遣い、ありがとうございます」

けれども皮肉が通じる相手なら、このような仕上がりにはなるまい。中田は頭をかく仕草で照れを表現している。僕らと同世代に見えるが、とてもそうとは思えない幼さを宿している。

「でも、大丈夫です。わたし、大事なときに人生がうまくいく、とっておきのおまじないを知っているので」

「おまじない？　何ですか、それは」

「ごめんなさい、内緒です。でも、そんなに特別なことじゃないですよ」

「というと、何かスピリチュアルな……」

「だいたいそんな感じです」

中田が得意げにしているので、ますます不安になる。美星さんは目配せで石井に助けを求めたが、石井はどこ吹く風だ。

「ともあれ……イベントの詳細について、もう少しお聞かせ願えますか」

「かしこまりました！　期日は今年の一〇月最初の土曜日と日曜日の二日間です。一

○月一日のコーヒーの日に合わせた形ですね。時刻は、両日とも一一時から一八時まで」
「会場は？」

「岡崎公園を押さえてあります」

なるほど、と思う。京都市左京区にある岡崎公園では、その広大な敷地を生かして数々の野外イベントが開かれている。商業施設の一画でこぢんまりと開かれる程度のイベントを想定していたが、もっと大規模なものになるようだ。

その後も中田はイベントに関する説明を加えていく。当日、会場はコーヒーブースのエリアとフードブースのエリアに分けられ、コーヒー店にはドリンクのみの提供をお願いする。売り上げの一部はサクラチルにバックされる。今回は設備の都合上、コーヒーはエスプレッソではなくドリップを基本とさせてもらう。野外イベントなので、雨天決行だが荒天の場合は中止もありうる。参加する店舗のモチベーションを上げるためにちょっとした競技大会的なニュアンスを盛り込む、などなど。美星さんは真剣に聞き入っている。

ひとしきり話を終えたところで、中田があらたまって訊ねた。

「……というわけで、わたくしどもとしましては、イベントの存続を占う重要な第一回の京都コーヒーフェスティバルに、タレーランさんのお力添えが不可欠であると考えております。いかがでしょうか」

沈黙は数十秒に及んだ。手元の紙に視線を落としたまま、美星さんは二、三度小さくうなずいてから、答えた。

「わかりました。前向きに検討いたします」

「それはつまり、ご参加いただける可能性が高い、と……」

「そうですね。うちのオーナーとも相談しなければなりませんので確約はいたしかねますが、十中八九、近日中に参加のお返事をすることになると思います」

「ありがとうございます！」

中田がまたしても頭を下げる。額がテーブルにぶつかる、ゴンという鈍い音がした。

隣で石井が速い拍手をしている。

「ちょっと、切間バリスタ」

僕が手招きをすると、美星さんは席を立ってカウンターへと戻ってきた。

「何でしょうか」

「そんなに簡単に決めちゃって大丈夫なんですか？　何ていうか、すごく不安です」

声を潜めて問う。美星さんが参加の意思を表明したことが、意外だったのだ。

美星さんは平然として、

「第一回ですから、運営に至らぬ点があるのはやむを得ないでしょう。リスクを恐れていては、顧客の新規開拓は望めません」

「それはそうですけど……あの石井春夫が一枚嚙んでるってのが、僕にはどうも」

「だからこそ、ですよ」

「だからこそ？」

美星さんは石井を一瞥し、告げた。

「石井さんがこうしてわざわざ私を巻き込んだからには、何かしらの企みがあるのではないかと疑っています。であれば今回のイベント中、第五回ＫＢＣのときのようなトラブルが起こらないとも言い切れません。私はそれをできるだけ未然に防ぐとともに、万が一防げなかった場合には、速やかに収拾に努めます」

「そ、それはまた……」

続く言葉を、僕は呑み込んだ——なんてお人好しな！

額を合わせてごにょごにょ相談する僕らを見て、中田がのんきな声を上げる。

「お二人、店長さんと店員さんにしては、ずいぶん距離が近いですねぇ。どういうご関係なんですかぁ？」

すると美星さんが、ぽっと頬を赤らめた。

「それは、今回のイベントに関係のあるご質問でしょうか」

「いやぁ、そうじゃないですけど……」

「かしこまらなくてもいいじゃないですか。隠すようなことじゃないんだし」

僕がとりなすと、美星さんもムキになる。

「別に、隠してるつもりでは」

「なになに、やっぱりお二人、そういうことなんです？」

野次馬根性むき出しの中田に、美星さんが答えた。

「実は、四ヶ月ほど前から正式にお付き合いを」

「うわぁ、すてき！　恋人どうしでお店をやってるなんて！」

はしゃぐ中田の声につられて、ほかの客たちもこちらをじろじろ見ている。もっとも、タレーランの客層は常連が多めなので、僕と美星さんの関係はすでにある程度知られている。元は常連客だった僕がこの店で働き始めた結果、先の中田と同様の質問を、これまで数えきれないくらい受けてきたのだ。

なのに美星さんは相も変わらず、顔じゅうを梅干しのように真っ赤に染めるという新鮮なリアクションを示している。それはいいのだが――。

石井さん、何をそんなにショックを受けることがあるの？

彼は中田の隣で顎が外れたみたいに大口を開け、ほとんど白目をむいていた。

こうして純喫茶タレーランは、無事に藻川氏の許しを得て、第一回京都コーヒーフェスティバルに出店する運びとなった。

イベントまでの二ヶ月間は、いろいろなことがあって実に大変だった。

タレーランは今回、メニューをネルドリップのコーヒー一本に絞ることにした。カフェオレなどのアレンジメニューも候補には挙がったものの、やはり看板メニューを広めるのに専念するということで意見がまとまった。

オペレーションの工夫も重要だ。一杯ずつドリップしている時間はないので、まとまった量を一度にドリップし、保温ポットに移してサーブすることにした。普段コーヒーを保存するものとしては使用していない保温ポットの選別にも時間をかけた。なるべく酸化しない、気密性の高いものがいい。いくつかの製品を試し、味の劣化が少ないものを買い足した。

半世紀近い純喫茶タレーランの歴史の中で、イベントに出店するのは今回が初めてだ。僕らはいささか浮ついて、試行錯誤し、右往左往しながら、何とか二ヶ月後のイベント当日を迎えた。

そして——案の定というべきか、またしても事件に巻き込まれることになるのである。

第二章

祭りの始まり

1

広々とした岡崎公園を、雲一つない秋晴れの空が覆っている。

九時。赤のレクサスから降り立った僕と美星さんは、トランクを開けて必要な荷物を下ろした。運転席の開いている窓に向かって、美星さんが声をかける。

「これでオーケーかな。ありがとう、おじちゃん」

「かまへん。イベントは手伝えへんし、せめて運転手くらいはやったるえ」

モスグリーンのニット帽を被った藻川氏が顔を窓の外に向ける。

半年前の狭心症の手術を経て、藻川氏はすっかり元気になった。発作を懸念してしばらくは車の運転をセーブしていたようだが、それも最近になって解禁したらしい。

二日間にわたるイベント期間中、スタッフはほぼ立ちっぱなしになるから、藻川氏が手伝えないと言ったのには、むろん体力面の問題もある。が、それ以上に決定的な理由があった。

大会の責任者を務める中田朝子から、ブースのスペースに限りがあるため、各店舗スタッフは二名までとしてほしい旨の通達があったのだ。初開催のイベントで来客数が読めず、オペレーションがうまくいくかどうかもわからない状況で、二名までというのは正直厳しい条件ではある。しかし、どのみち藻川氏に負担をかけたくない僕らとしてはその条件にしたがうほかなく、ほかの店舗からも大きな反発は起きなかったようだ。

「忘れ物はなさそうけ」

藻川氏の念押しには、僕が答えた。

「大丈夫です。店を出発する前に、何度も確認しましたので」

「ま、足りひんもんあれば何でもすぐに連絡しいや。そのくらいはわしでも役に立つしな」

「頼りにしてる」と美星さん。

「ほな、いつまでもこないなとこに車とめてたら邪魔になるし、わしはもう行くわ。あんじょう、おきばりやす」

機材の運搬をできるだけ楽にするため、藻川氏には会場のすぐそばの道路に車を横づけしてもらっている。有名な平安神宮の大鳥居の下をくぐる神宮道(じんぐうみち)と二条通が交わる地点の、わずかに西側のあたりだ。

窓が閉まり、エンジン音を立てて去っていく藻川氏の愛車を僕らは見送っていた。

と、数十メートル進んだところで、レクサスは上げかけた速度を緩めた。

再び運転席の窓が開いて、藻川氏が亀のようににゅっと頭を突き出す。

「あんさん、どこ行かはりますの。天気もえぇし、わしと嵐山のほうまでドライブでもしまへんか……」

藻川氏は、通りを歩く若い女性をナンパしていた。

美星さんが荷物を足元に置いてダッシュし、藻川氏の頭をはたく。

「いつまでもこんなとこに車とめてたら邪魔になるでしょうが！　さっさと行け！」

春に死にかけたときにはしょげ返っていたくせに、いまではすっかり元の女好きを取り戻した藻川氏である。

「別にえぇやろこのくらい。老い先短い老人の道楽を取り上げるんか」

「近年ではナンパも立派な加害行為として問題視されてるのよ。一〇年前はギャグとして成立したことでも、いまじゃ通用しなくなってるの。現代社会に生きる者の務めとして、価値観をアップデートしなさい！」

「何やの、一〇年前って……あんた、年々説教くさくなってへんか。あんなせせこましい喫茶店に引きこもってるから頭でっかちになるんや。わしみたいに、もっと外の社会と交わりを持ったほうがえぇで」

「うっ……そ、そんなことないもん……」痛いところを突かれたらしい。「ていうか、ナンパを外の社会との交わりにカウントするな！　あと、せせこましい喫茶店を作ったのはあなたの奥さんでしょうが！」

「はーい、そこまでー」

クリンチを解く審判よろしく、僕は二人のあいだに割って入った。

「お二人とも、邪魔になってます。続きは店に帰ってからどうぞ」

美星さんははっとして、周囲に向かってぺこぺこ頭を下げる。藻川氏が何食わぬ顔でアクセルを踏んで去っていき、残されたナンパ被害者の女性はただただあぜんとしていた。

平安神宮は一八九五年（明治二八年）に、平安遷宮一一〇〇年を記念して創建された、京都市左京区にある神社である。

創建時の祭神は第五〇代桓武天皇。言わずもがな、平安京への遷都をおこなった人物だ。その後、皇紀二六〇〇年にあたる一九四〇年（昭和一五年）には、市民の希望により平安京最後の天皇である第一二一代孝明天皇が合祀された。

社殿は平安京の正庁であった朝堂院が八分の五のスケールで再現されている。重要文化財の大極殿や応天門、登録有形文化財の神楽殿などはすべて緑釉瓦と朱塗りの柱が特徴的だ。一九七六年には放火により焼失の憂き目に遭ったが、のちに募金によって再建、その際に本殿は東西二棟から一棟へと形を変えた。

平安神宮はその荘厳な社殿によっても有名だが、やはりこの場所を語るうえで欠かせないのが、京都の繁栄を象徴する巨大な大鳥居である。平安神宮を訪れたことがない人でも、その鳥居には見覚えがあるかもしれない。何しろ高さ二四・四メートルもあり、一九二九年（昭和四年）の完成当初は日本一の大きさを誇ったそうだ。

その大鳥居が鎮座するのが平安神宮から見て南側、神宮道と仁王門通（におうもんどおり）の交差点を少し北上したあたり。そこは一八九五年に開催された第四回内国勧業博覧会の跡地に造営された、岡崎公園の園内だ。岡崎公園はその広大な敷地に京都市美術館、京都市動物園、京都府立図書館といった施設群を含み、さらに周辺には平安神宮、京都国立近代美術館、京都市勧業館みやこめっせなどが隣接している。そのほかにも市民が利用できるテニスコートや野球場などがあり、まさしく京都を代表する総合公園なのだ。

第一回京都コーヒーフェスティバルの会場は、先ほど僕らが車を降りた二条通と、平安神宮正面の門である応天門のあいだ、大鳥居からまっすぐに延びる神宮道の両脇に設置されていた。東に球場、西には現在改修工事中の京都会館があり、岡崎公園の中でも特に市民の憩いの場となっている場所だ。

二条通から〈平安神宮〉と記された石標の手前を折れて会場に入ると、右側の一番手前にイベント運営本部のテントが見える。その奥に、東西に分かれる形でスイーツやサンドイッチなどフードのブースが並び、さらに少しあいだを空けてコーヒー店の各ブースが続いていた。西側のブースの裏にある立派な紅八重枝垂桜を中心とした広場には、来客用の白いガーデンテーブルが置かれている。

僕と美星さんは大荷物を抱え、神宮道を北上していく。今回、コーヒー店の参加は六店舗。神宮道をはさんでブースが三店舗ずつ向かい合うなかで、事前に知らされていたタレーランのブースは東側の一番南だ。イベントのスタートは一一時だが、早くも各ブースではスタッフが準備を進め、広場の座席に座って待機している人たちが見られるなど、なかなかの賑(にぎ)わいである。忙しくなりそうだという高揚感が、体の底から湧いてくる。

タレーランのブースに到着し、荷物を下ろす。白いテントの下に幅一・五メートルほどの折り畳み式の長机が、手前と奥に二台設置されている。手前の長机の右側には水の入ったポリタンクとシンクが、奥の長机にはアウトドア用のガスコンロが設置されていて、飲食店として最低限の営業ができる仕様になっていた。二つの長机のあいだにはミルクなどを保管するためのクーラーボックスもある。

ブースの後方には奥行き二メートルほどのバックヤードが設けられ、部外者が立ち入らないようにするための黄色と黒のロープが、三つのブースのバックヤードをまとめて囲うように張りめぐらされていた。フードのブースのほうも同様で、両者のあいだは通路になっており、そこに一人の警備員が立っている。バックヤードのすぐ外側には松の木が立ち並び、それ以上のスペースを設けることを阻んでいた。

これだけスペースが限られていては、各店舗スタッフは二人までという制限が課せられるのもうなずける。スタッフの人数が増えてスペースを圧迫すると、ほかの店舗が割を食うからだ。

美星さんと協力して荷物を整理していると、中田朝子が近づいてきた。今日も前回と同じスーツ姿である。

「タレーランさん、おはようございます！」

その呼び方だと、僕らがフランスの伯爵ということになってしまう。

美星さんが深々と頭を下げた。

「おはようございます。本日はどうぞよろしくお願いいたします。ブースの設営、スムーズに済んだみたいですね」

「はい。早朝から、作業員の方々が手際よく進めてくださいました。当日の朝で間に合うのかと少し不安でしたが、さすがはプロです」

「天候にも恵まれましたし、幸先(さいさき)がよくて何よりです」

「えへへ。わたし、てるてる坊主、作ったんですよ」

大人でそれやる人いるんだな。

「こちら、スタッフ用のパスになってます。二日間のイベント開催中は、これがないとブースのバックヤードに入れなくなりますので、必ず首から下げておいてください」

中田に手渡され、僕と美星さんはパスケースを受け取る。ビニール製のカードホルダーに平らな青い紐がついた、ごく一般的なパスケースだ。カードを入れる部分には、〈KYOTO COFFEE FESTIVAL STAFF〉と印刷された紙が入れられている。この日のために作ったらしい。

「一〇時になったら、参加される全店舗のスタッフさんで顔合わせをおこないますので、ブースの中央に集まってください。それでは準備のほう、お願いしますね」

中田はそう言い残し、小走りで去っていく。開始前から忙しそうだ。まさかイベント全体をたった一人で回しているわけではあるまいが、この二日間は休む間もなく動き続けることになるのだろう。

その後、三〇分ほどかけて器具などの配置を終え、僕と美星さんは息をつく。隣のブースに目をやれば、三〇歳くらいのおしゃれなイケメンと、スタイルのいいギャルが談笑している。二〇代半ばに差し掛かってもどこか野暮ったさが抜けない僕や美星さんとは対照的な二人だ、と、自分で言うのも何だけど……。

その向こうには、石井春夫の姿が見える。一緒に働いているのは、距離があるせいで容姿ははっきり見えないが、女性だ。イシ・コーヒーは石井とその父親が営業していると聞いているけれど、新しくバイトでも雇い入れたのだろうか。向かいに見えている西側のブースでも、それぞれ二名ずつが立ち働いていた。

一〇時になり、中田から招集がかかった。バインダーを持って東西のブースの真ん中に立つ中田のもとへ、ぞろぞろと人が集まってくる。中田の横には、白いジャンパーを着た若い男性が二人、並んでいた。

「えー、みなさまおそろいでしょうか。あらためまして、本日は第一回京都コーヒーフェスティバルにご参加いただき、誠にありがとうございます！　各店舗さんのご協力のおかげで、こうして無事に初日を迎えることができました」

誰からともなく、拍手が沸き起こる。

「申し遅れました、わたくし本日のイベントの責任者を務めます、株式会社サクラチルの中田朝子です。そして」

中田が手を向けると、ジャンパーの男性たちが順番に名乗った。

「同じくサクラチルの伊原(いはら)です」

「上原(うえはら)です」

「以上の三名で、本日のイベントを運営させていただきます。どうぞよろしくお願いします」

黒髪で長身の四角い眼鏡が伊原で、茶髪で小柄の丸眼鏡が上原か。世話になることもあると思われるので、顔と名前をインプットしておく。

「それではまず、参加される店舗さんに自己紹介をお願いしたく存じます。みなさんブースの順に並ばれてますね。では、そちらからどうぞ」

と、中田が指先を向けたのは、東側最北端のブースを受け持つ石井春夫だった。

「ども。イシ・コーヒーの石井春夫です。今回は朝子ちゃんがうちの常連だったのがきっかけで、このイベントに出店することになりました。よろしく」

すかした感じだ。いけすかないな、などと思っていたら、その陰から現れた人物を見て僕は度肝を抜かれた。

「さ……冴子(さえこ)さん！」

思わず発した声に、周囲の視線が集まる。

彼女はこちらを一瞥しただけで、何事もなかったかのように語り出した。

「黛(まゆずみ)冴子です。第四回関西バリスタコンペティションでは優勝させていただきました。普段は別のお店で働いていますが、今回はイシ・コーヒーのヘルプとして、このイベントに参加いたします」

緩く波打った茶髪、石の入ったピアス、そして藻川氏が鼻の下を伸ばした美しく勝ち気な顔は二年前と変わりない。

彼女もまた、第五回ＫＢＣに前回覇者として参戦し、石井と共謀して混乱を引き起こした張本人である。まさか、こんな場所で出くわすとは……僕は開いた口がふさがらなかった。

「あのお二人、いまでも仲よしなんですね。石井さん、冴子さんに脅されてたとまで言ってたのに、意外」

これには美星さんも黙っていられなかったのだろう、僕に耳打ちする。それを、冴子が聞きとがめた。

「誤解しないでよね。あたし別に、石井さんとデキてるわけじゃないから」

「では、なぜヘルプをやることに？」

「おれが頼んだんだよ」石井が説明を買って出る。「うちの親父、この手のイベントに出るにはちょっとばかし歳がいきすぎてるからな。どうしても助っ人が必要だったんだが、そうは言っても数ヶ月かそこらで新人を育てるには限界がある。その点、冴子なら腕は確かだから、安心して任せられると思ったんだ」

「なるほど……」

とつぶやきながらも、美星さんは半信半疑の様子だ。

彼女の胸中を読むのは容易だ。第五回ＫＢＣで悪事をはたらいた彼らがこのイベントに再び集結したからには、またぞろ二人で何か騒ぎを起こそうとしているのではないかといぶかっているのである。

それにしても、ＫＢＣは二人の経歴において汚点となったはずなのに、冴子はいまだに第四回優勝者であることを肩書代わりに用いているらしい。例の騒動の真相は表沙汰にならなかったとはいえ、恐るべき面の皮の厚さだ。あらためて、彼らにはうかつに近寄らないほうがよさそうだな、と思う。

感動の再会を経て、自己紹介は次の店舗へ進む。僕の隣に立っている男性が口を開いた。

「ちーっす。椿カフェって店でマスターやってます、足伊豆航ってモンです」

先ほどのおしゃれイケメンだ。サーファー風の浅黒い肌や長めの髪や口髭と、チャラい口調がマッチしている。変わった名前について訊かれ慣れているのか、「足に静岡の伊豆に航空券の航っす」と漢字を説明していた。まるで、何かになぞらえるために無理やり考え出されたみたいな名前である。

「ちーっす！　ウチはその椿カフェの店員、舌瀬舞香でーす」

続く女性のテンションが、先のマスターとまったく同じだったのには噴き出しそうになった。飲食店従業員にもかかわらず、爪にどぎつい色を入れた金髪のギャルである。何とか坂だの何とか48だのといった現代のアイドルとは完全に逆の路線を行っていて、まだ絶滅していなかったんだなぁ、と感慨深い。

お次が、われらがタレーラン。美星さんと僕は順番に、そつなく自己紹介を終えた。フードのブースは後回しということで、僕らの正面にいる人たちにバトンがつながれる。見るからに参加者中最年長の、五〇代とおぼしき男女だ。

「太陽珈琲の米田堅蔵だ」

「妻の幸代です」

堅蔵はケトルやドリッパーよりも鉋や金槌が似合いそうな、短髪白髪のおじさんだ。眉間には皺が深く刻まれ、真顔でも怒っているように見える。

その堅蔵を長年にわたり陰で支えてきた、といった佇まいの幸代は、名前とは裏腹に幸の薄そうな女性である。黒髪を後ろで一つに束ね、顔は丸いのにニットの袖からのぞく手首が極端に細いのが痛々しい。

「このたびは、若者たちの集うかようなイベントに出店させてもらって大変光栄に思う。うちの店は長きにわたり味に自信と誇りを持ってコーヒー一筋を貫いてきたが、恥ずかしながら近年のカフェ人気の煽りを受け、このところ売り上げは右肩下がりだ。今回のイベントで、なるたけ多くの人にうちのコーヒーのおいしさを知ってもらって、店にも足を運んでもらいたい。その一心で、まさに清水の舞台から飛び降りるつもりで出店を決意した」

堅蔵の口上からは悲壮な覚悟が漂ってくる。ていうか、このイベントってそんな人生懸けるようなものなの？　うちの志望動機なんて、「石井春夫ほっとくとヤバそうだから」なのに。

　堅蔵の熱意をさらりと受け流しつつ、向かって右隣にいる男女が口を開いた。

「四条大宮駅の近くにあります、モンキーズカフェという店で店長をやってます、錦戸徹です」

「同じくモンキーズカフェ店員の星後望です」

　年齢は椿カフェの二人とそう変わらないはずだ。にもかかわらず、こちらの二人からは誠実さと清潔感が醸し出されていて、短い言葉を聞いただけで好感が持てた。

　中田が口をはさむ。

「実は、望はわたしの幼なじみなんですよ。そのご縁で今回、出店していただくことになりました」

「朝子に恥をかかせないよう、精一杯がんばります」

　天然系の中田と違って、星後はしっかり者に見える。黒のショートカットをヘアバンドでまとめ、顔立ちはリスのようで愛らしい。錦戸も額を出した黒の短髪で、二人が並ぶと人気俳優どうしのカップルと言われても違和感がないくらいお似合いだった。

　なんてことを考えていたら、美星さんが再び耳打ちしてくる。

「右手の薬指に、おそろいのリングをされてますね」

　目をやると、確かに銀の細いシンプルな指輪が双方の指を飾っている。僕が二人をカップルにたとえたのも、見当違いではなかったらしい。

そして、最後――その店のマスターが自己紹介をするとき、僕はいくぶんばつの悪い思いを味わわなくてはならなかった。

「みなさんこんにちは。今出川のロックオン・カフェを経営しております、森場護と申します」

京都のコーヒー好きのあいだにその名をとどろかせる人気店、ロックオン・カフェ――何を隠そう、僕の半年前までの職場である。

あの太くてよく通る声に、何度叱られたか知れない。バリスタを養成する専門学校を卒業した年、自分の店を持つことを目標に掲げていた僕は、専門学校の授業に講師として登壇した折に「三年、うちに勤めてくれれば、独立開業の際に必要なスキルやノウハウはすべて身につく」と言い切った森場に憧れて、ロックオン・カフェで働くことを志願し採用された。森場は厳しくも尊敬に値する教育者で、本当にたくさんのことを学ばせてもらった。

採用から三年後には、独立に向けた活動のために出勤を減らしてもらったこともあった。しかし結局開業には至らないまま、僕は今年の春、タレーランへの転職を理由に、五年間勤めたロックオン・カフェを辞めた。森場は怒りも引き止めもしなかったが、僕の最終出勤日、いかにも残念そうに、

「甲斐がねえなぁ」

とつぶやいたその一言は、いまでも僕の心の奥深くに突き刺さっている。

グレーのニット帽を被っており、体格がよく、典型的な縄文顔で漢気（おとこぎ）に満ちあふれている。そんな森場はコーヒーに関する知識や技術と商才の双方に長け、国立大学のそばにロックオン・カフェをオープンすると、たちまち京都を代表する人気店へと成長させた。今回、京都コーヒーフェスティバルに出店するにあたっては、少なからぬコーヒーファンや業界関係者が驚きの声を上げたはずだ。

その動機を、森場は語る。

「早いもので、当店は今年でオープンから一五周年を迎えました。まだ右も左もわからない青二才だった時分に独立開業し、しゃにむに営業してきた結果、おかげさまで現在、売り上げのほうは好調です。しかしながら、近年はその安定にあぐらをかいて、営業はマンネリ化し、若いころのような心の底から湧き上がる熱意が薄らいでしまったのも事実。そこで今回は心機一転、新しいことにチャレンジしたいと思い、このイベントへの参加を決めました」

少なくとも僕の目から見る限り、森場があぐらをかいていたなどというのは謙遜も甚だしい。常にコーヒーに関する研究を怠らず、トレンドを押さえ、客商売としても教育者としても努力家であり続けた。だが、それでも彼にとっては、過去が刺激的であっただけに、現在の暮らしに物足りなさを覚えてしまうのだろう。

「余談ですが、純喫茶タレーランさんのスタッフの彼は、半年前までうちの店で働いてました。今日は師弟対決となりますので、タレーランさんにだけは負けたくありません」

森場が僕のほうを指差しながら言うと、場に笑いが起こった。そんな形で注目を浴びせるのはよしてほしい。穴があったら入りたかった。

コーヒー店のスタッフの自己紹介は、森場のそばに控えていた大学生風の男の子がトリを飾った。

「青瓶大介(あおがめだいすけ)です。ロックオン・カフェでアルバイトをしています」

僕が働いていたころにはいなかったから、次の教育対象として森場が雇い入れたのだろう。さっぱりした顔立ちとツーブロックの黒髪は韓国アイドルのようで、女性客から人気が出そうだ。僕とは違って。

ともかくこれでコーヒー店六店舗、スタッフ一二名が出そろった。

「はーい、コーヒーブースのみなさまありがとうございました！　続いて、フードブースのスタッフさんお願いします……」

中田にうながされ、フードを提供する店のスタッフも順番に自己紹介をしていった。中には有名な洋菓子店なども参加しており、コーヒーフェスティバルというイベント名の陰に隠れてしまうのがもったいなく感じられるほどだった。

「フードブースのみなさま、ありがとうございます。それではここで今一度、本イベントのシステムについてご説明します」

中田が言うと、伊原と上原がすべての店舗スタッフのもとを回って、一人一個ずつ蓋つきの白いタンブラーを配っていった。

「来場者のみなさまには、まず会場入り口にあります運営本部テントにお立ち寄りいただきまして、そちらのタンブラーをご購入いただきます」

京都在住のイラストレーターにデザインを依頼したオリジナルグッズだそうだ。側面に湯気の上がるコーヒーカップを持った女性が、少ない線で描かれている。その下には手書き文字で作られた《KYOTO COFFEE FESTIVAL》のロゴが刻印され、今日の日付も添えられていた。

僕は飲み口の空いた蓋を回して開け、中を見てみる。タンブラーの素材はプラスチックだが、真空二重構造になっており保温性に優れている。今回のイベントだけではなく、持ち帰っての使用にも耐えうる品質だ。大きさは一般的なシアトル系コーヒーショップで提供されるトールサイズの紙カップくらいだろうか。

「タンブラーは一個一五〇〇円で、一枚三〇〇円のチケットが四枚と、会場の店舗マップが付属しています。タンブラー単体では正味三〇〇円ということですね。ちなみに明日は、二日連続でイベントを訪れるインセンティブとすべく、色違いつまりカフェオレ色のタンブラーを販売します。そちらも明日、みなさんにはお配りいたします」

この手のイベントは参加する飲食店の利益に主催者側の利益が上乗せされるので、どうしても割高な印象がネックになることが少なくないが、その点においても今回のイベントは良心的な価格設定と言える。

「今回のイベントでは、チケットの三〇〇円というのを基準にしていただきます。ドリンクもフードも三〇〇円、もしくは倍の六〇〇円という価格に見合う量をお客さまに提供してください。これには会計の簡略化や、飲み比べというイベントの主旨に沿うべく少量ずつ提供するといった目的があります」

メニューは事前に運営側に申請してある。タレーランはいつものドリップコーヒー一本に絞ったため、六〇〇円のメニューはない。もっと市場価値の高い豆を使用する店舗では、一杯六〇〇円という価格設定も採用されるだろう。

「チケットを使い終わった方は現金でもご購入可能としますが、タンブラーは回し飲み厳禁ということで原則一人につき一個ずつお買い上げいただくため、多くの方がチケットの範囲内で楽しまれることを想定しております。ただし、二日続けてご来場される方は、初日のタンブラーを二日めもそのままご使用いただけるので、そういった方が現金をお使いになるケースも考えられます。万が一つり銭などが足りなくなった場合は、本部テントにて両替に応じますので遠慮なくおっしゃってください」

本部テントでは、来場者の両替にも応じるそうだ。先に両替しておいてもらったほうが、店舗の負担が減ることは言うまでもない。配慮が行き届いているな、と思う。

「それから、本日は屋外でのイベントになりますので、衛生面に配慮し、スタッフのみなさんは営業中は必ずビニール手袋を着用してください。手袋は各ブースに一箱ずつ配布してあります。そして、最後になりますが――」

ここで、中田は正面で持っていたバインダーを体の前に下ろし、あらたまった。

「来場者のみなさまには、好みのコーヒー店を一つ選んで投票をしていただきます。もっとも票を多く集めた店舗さんは、第一回京都コーヒーフェスティバルの栄えあるチャンピオンとして、明日のイベントの最後に表彰いたします」

その瞬間、空気がにわかに引き締まった気がした。

これも事前に説明済みである。ただのお祭りではあるが一応、人気投票によって大会的な演出をするのだという。といっても、

「賞金などは特にございません。あくまでもバラエティに富んだコーヒーを味わっていただくことがイベントの本旨であり、どのお店のコーヒーが一番おいしいか、なんてことを決めるつもりはございませんので。チャンピオンはあくまでも名誉に過ぎません。その称号を、今後の経営に活かしていただければ幸いです」

中田は薄い茶色の短冊状の紙を、全員に見えるように示す。

「投票は、こちらの投票用紙によっておこないます」

上部がほぼ正方形の投票用紙、その下に四枚の三〇〇円チケットがつながっており、チケットはミシン目で切り離せるようになっている。投票用紙にはイベントのロゴのほか、〈一番好みだったコーヒー店の名前を記入してください〉という説明文の下に、線で四角く囲われた記入欄がプリントされていた。

「投票箱は運営本部テントの横にあり、ボールペンもそちらに用意がございます。二日間ともイベント終了の一八時を迎えると同時に、速やかに集計を開始いたしますので、どうぞお楽しみに」

フードに関しては比較が難しいのでチャンピオンは決めない旨を強調し、中田は説明を終えた。

――僕は、石井春夫を盗み見る。

中田に向けた眼差し(まなざし)は、にらみつけるかのように鋭い。黙っているが、あれは獲物を狙う猛禽類(もうきんるい)の目だ。

やはり石井は、チャンピオンの座を渇望しているのではないだろうか。

第五回KBCでは黛冴子を優勝させるため、自身の勝負を捨てた彼だ。今回は逆に、そのとき借りを作った冴子に協力してもらい、はかりごとをめぐらして、ライバルたちを蹴落とそうとしているのではないか。タレーランは、というより美星さんは、その計画に引きずり込まれてしまったのでは――。

賞金もあり、知名度もそれなりだったKBCに比べれば、まだ第一回のイベントの人気投票で一位に輝いたところで、得られるリターンなんてたかが知れている。普通なら僕も、そのために何か企んでいる参加者がいるとは考えない。

だが、相手はほかでもない石井春夫なのだ――マジシャンを志すも挫折し、派手なパフォーマンスを好むがゆえにコーヒーへの愛情が欠乏し、せっかく決勝まで駒を進めた大会を賞金の山分けに目がくらんで棒に振った、あの。

「それではみなさん、二日間なにとぞよろしくお願いいたします！　全員の力で、このイベントを成功させましょう！」

中田が運動部のキャプテンのような文句で締め、顔合わせは散会となった。イベントの開幕に向けて誰もがはつらつとした表情を見せるなか、僕と石井、そして――美星さんだけが、険しい顔をしていた。

2

スタートの一一時までは、まだ少し時間があった。僕は美星さんに断って、一人で会場を見て回ることにした。

初めにブースのあいだを南下して、運営本部テントを見に行く。本部テントの後方には公衆トイレがある。ここはイベント中、何度も利用することになるだろう。

本部テントでは伊原と上原がパイプ椅子に腰を下ろし、タンブラーをせっせと組み立てていた。蓋とカップがそれぞれ重ねられた形で納品されるので、一つずつペアにする必要があるのだ。長机の上には、蓋のはめられたタンブラーが無造作に並んでいる。

本部テントの隣には、タンブラーを洗うためのグラスリンサーが二台、設置されていた。サウナなどにある給水機に似た銀色の縦長の機械で、上部にアスタリスクのような形のスイッチがついている。このスイッチをタンブラーの縁で押し込むと、中央から水が勢いよく噴き出す仕組みで、ビールをはじめとする飲料のイベントではよく見る装置だ。二台では少ない気もするが、洗うのは一瞬だし、コーヒーはお酒のように短時間で何杯も飲むものではないから、これで間に合うという判断なのだろう。個人的には、コーヒーブースの近くに設置したほうがよかったようにも思えるが。

踵(きびす)を返し、フードのブースの前を通過する。喫茶店の店員である前に一人のコーヒー好きとしては、やはりほかのコーヒー店が何を出すのかが気になる。タレーランのブースを過ぎたところで、声をかけてくる者がいた。

「お隣さん、やっほー」

例の、椿カフェのギャルである。イケメンのほうは席を外しているようだ。

「どうも。舌瀬さん、でしたっけ」

「舞香でいいよぉ」

ギャルギャルしいギャルに接することのほとんどなかった人生なので、この馴れ馴れしさに面食らってしまう……ていうか、ギャルギャルしいギャルって何だ。

「何してんのー。偵察？」

「そんなとこです。そちらは今回、どのようなメニューを出されるんですか？」

「うちの店はそのときどきでいい感じの豆を出すってスタイルだからさぁ。今日は二種類用意してきたよ」

舞香は豆の説明を記したプレートを見せてくれる。ブラジルの農園で作られたブルボンの深煎りと、ケニア産の浅煎りか。前者はコクと苦みがあり、後者は酸味が強くフルーティーな飲み口になるだろう。幅広い好みに対応できるラインアップだ。どちらもペーパードリップで淹れるらしい。

「タレーランはブレンドですけど、こちらはシングルオリジンでいくんですね。三〇〇円という価格に対応させるのが大変だったのでは」

「それよ、それ」

舞香は僕の顔に向けた人差し指を振る。ネイルが目に刺さりそうで怖い。

「うちのマスターも、最後まで頭抱えてた。適正価格に収めようとすると、豆の値段によって量が変わってくるけど、同じ店で注文したのに量が違うとお客さんも納得しないだろうからね。かといって、イベントで初めて飲む人相手に、自信をもっておすすめできない豆は出したくないし。結局、同価格帯の豆を選ぶことで落ち着いたけど」

出店要請がかかるだけあって、椿カフェにもなかなかのこだわりがあるようだ。あのマスターとこの店員の組み合わせからは想像しがたいが……言わずもがな、コーヒーを淹れる技術と人柄や雰囲気は関係がない。

「イベント中はしゃべる暇もないくらい忙しくなるかもしれませんが、よろしくお願いします」

「あーい、よろしくー。終わったらまたゆっくり話そー」

心にもない誘いをかけてくる舞香に見送られ、僕は椿カフェのブースを去る。イシ・コーヒーのブースでは、石井と冴子が熟年夫婦のようなテンションでぽつりぽつりと言葉を交わしていた。何だかんだ、お似合いの二人だ。彼らと口を利きたいわけではないので、長机に示されたメニューだけチェックする。

イシ・コーヒーはブレンド一種と、KBCのときにも用意していたピーベリーを提供するようだ。店でも普段からそうなのだろうが、野外イベントであえてサイフォンを用いるあたりは、いかにも見栄えを気にする石井らしい。ピーベリーは目玉として用意したようで、倍の六〇〇円に設定されている。一般的なコーヒー豆である平豆（フラットビーンズ）と違って、コーヒーチェリーの実に丸い種子が一つだけ入っていることがあり、これをピーベリーと呼ぶ。希少性の高い豆だ。

見たいものは見たので、さっさと西側のブースへ移動しようとしたのだが、背後から声をかけられてしまった。

「もうすぐイベント始まるってのに、自分とこのブースほったらかしてお散歩か？　ずいぶん余裕だな」

石井である。

この人とはできるだけ関わりたくないのだ。二年前のＫＢＣの日、さんざん挑発的なことを言われたあげく突き飛ばされてしまったという、苦い思い出があるから。僕はむすっとして言い返す。

「別にいいでしょう。店長の許可は得てます。では」

「待てよ！」

石井は跳ねるようにして長机の脇を抜け、僕の正面までやってくる。息がかかるほどの距離に近づかれて思わず身構えると、彼は突然、

「ごめん」

深々と頭を下げて謝った。

「……何が？」

動揺する僕。石井は顔を上げる。

「二年前のKBCだよ。悪事を暴かれたくない一心で、二人の捜査を邪魔するために暴言を吐いたうえ、暴力まで振るっちまった」

「あ、いえ……先に手を出したのはこっちでしたし……」

下手に出られると、つい恐縮してしまうのは情けないところだ。

「おれ、あれからすごく反省してさ。やっちまったことはもう取り消せないけど、心を入れ替えて、コーヒーとしっかり向き合ってきたんだ。このイベントは、それを証明する場だと考えてる」

「はぁ……」

「だからさ、美星ちゃんに伝えといてくれよ。この二日間、おれ一所懸命がんばるから、その姿をぜひ見てほしい。そして、もしおれの努力を認めてくれたなら、二年前の件を許してほしいんだ」

石井の表情が真剣そのものなので、おのずとこちらも背筋が伸びた。

「わかりました。伝えておきます」

すると、石井は相好を崩し、僕の手を握ってくる。

「ありがとう。二日間、がんばろうな」

戻っていく石井に背を向け、僕は歩き始めた。

そうかそうか。石井は改心したのか。まぁ、第五回ＫＢＣからもう二年も経つんだもんな。もしもあのとき彼らのなした悪事が明るみに出なければ、反省の機会は訪れなかっただろうが、美星さんが見事に看破してくれた。いまにして思えば、あれは彼にとってよい転機となったに違いない――。

イシ・コーヒーのブースからじゅうぶん離れた地点で、立ち止まる。

深く息を吸い込み、声にならない声で叫んだ。

――なんて、信じられるわけないだろ！

なんなのだ、あのいかにも作り物めいた笑顔は。握ってきた手の湿りが、いまでも肌にこびりついているようで不快だ。

確信する。あれは作戦だ。いまのうちに僕らに媚びておいて、のちにトラブルが発生した際に、疑いの目が向きづらくしようとしているのだ。だってそうだろう。万が一、今回のイベントで第五回ＫＢＣのような事件が発生すれば、僕と美星さんは間違いなく、真っ先に石井春夫を疑う。そのリスクを少しでも軽減したければ、改心したと信じてもらうしかない。

あんな謝罪を真に受けるほど純朴な青年だと思われているのなら心外だ。僕は意中の人にさえ、身分を偽って接触することをいとわない人間なのだ。やはり、彼は何か腹に秘めている。警戒を強めたほうがいい。

　考え事をしているうちに、イシ・コーヒーの正面にあるロックオン・カフェのブースに到着していた。長机を前に立つ森場に、僕は挨拶する。

「今日はよろしくお願いします。店長の胸を借りるつもりでがんばります」

「しっかり頼むぜ。師弟対決だなんて見栄を切っちまった手前、オマエがだらしないと俺の面目まで丸潰れだからな」

「いやぁ、あはは……」

　自分が余計なこと言うからじゃん。

「それにしても、ロックオン・カフェが参戦するというのは、元店員の僕からしても意外でした」

「店長の俺が、退屈な日常に倦んでいるようには見えなかったか？」

「それもありますが……ドリップコーヒーのイベントですからね」

　ロックオン・カフェはドリップコーヒーも出すが、どちらかと言えばエスプレッソ系のドリンクがメインのカフェだ。森場は腕組みをして、

「それも、挑戦っちゃ挑戦だ。うちは今回、豆の質で勝負すべく、すべてフレンチプレスで淹れる」

　コーヒー業界では、特にサードウェーブと呼ばれる流行以降、香味の個性、追跡可

能性、生産者の環境といったさまざまな観点から評価された高品質な豆——スペシャルティコーヒーが重要視されるようになっている。森場はこの潮流にいち早く着目し、生産者から直接豆を購入するダイレクトトレードをおこない、また各生産国で開かれている品評会カップオブエクセレンスで評価された豆を仕入れるなどしてきた結果、京都に多数存在する昔ながらの喫茶店との差別化に成功した。

そしてフレンチプレスはフィルターに入れた豆にお湯をかける透過法ではなく、豆を直接お湯に沈める浸漬法でドリップするので、コーヒー豆の油分がフィルターに吸着されることなくお湯に溶け出し、豆の個性をダイレクトに味わえる。また、基本的にはプレス用の器具に豆を投入してお湯を注いで待つだけなので、淹れる人の技術の差による味のブレが少ないとされている。

テーブルの上には四種類の豆が用意されている。産地は中南米とアフリカ、焙煎度合いも浅煎りから深煎りまでさまざまだ。フレンチプレスはペーパードリップやネルドリップと比べて抽出にかかる手間が少ないぶん、豆の種類を増やしても対応しやすいという利点もありそうだ。

「これはお客さんの目を引きそうですね。ところで、そっちの彼は新人ですよね？」

僕は森場の後ろでフレンチプレスを触るなどしている青瓶青年を指差した。

「オマエと入れ違いで雇った。有名チェーンのバイト上がりだが、なかなか見込みのあるやつだよ。経験積ませたほうがいいと思って、丸二日間、しっかり働いてもらうことにした」

森場がこうもストレートに身内を褒めるのはめずらしい。僕なんてボロクソに言われてばかりだった。

「ロックオン・カフェの未来は安泰ですね」

「自分がいなくなってさぞかし困ってるんじゃないかと期待してたなら、とんだ見込み違いだな」

「まさか、そんなこと……」

「言っとくぞ。オマエには帰る場所なんてないからな」

これは厳しいことを言われているようでいて、激励に違いない。僕は首を大きく縦に振った。

「その覚悟で、店を移りました」

「ま、せいぜいがんばれや。――そういや、例の女の人、あれからどうしてる」

「例の女の人？」

「ほら、マコさんとかいった」

あぁ、と思う。それは、僕の人生を変えた二つの出会いのうち、タレーランではないほうの女性だ。一年ぶりの再会がロックオン・カフェでの勤務中の出来事だったので、森場にも紹介したのだ。

「一年ほど前に香港へ行ってしまって以来、連絡を取っていません。あ、でも一度だけ、今年の春節にポストカードが届きました」

　メールで済まさないあたりが彼女らしい。華やかな香港の旧正月の模様を写したポストカードには、香港での生活が充実している旨が簡潔に記されていた。

「そうか。人生いろいろだな」

　僕より二〇年長く生き、たくさんの人を見てきたはずの森場が口にするその言葉には、実感が込められていた。

　ロックオン・カフェのブースを離れ、隣のモンキーズカフェのブースに移る。長机の上のメニューを見ると、カフェオレをメインに持ってきていた。ミルクは牛乳のほかにソイミルク、オーツミルク、アーモンドミルクを選択することができるそうだ。近年ではヴィーガンや健康志向などの理由から、牛乳以外のミルクを率先して飲む人も少なくない。そういった層に受けのよさそうなお店である。

「タレーランの方ですよね」

　ブースに残っていた星後望が話しかけてきた。錦戸の姿は見当たらない。

「どうも。カフェオレのラインアップ、おもしろいですね」

「ありがとうございます。四条大宮のあたりは競合店も少なくないので、店の個性を打ち出す目的で始めたんです。おかげさまで、ご好評をいただいてます」

聞けばモンキーズカフェは新興店のようだ。確かにこのカフェオレへのこだわりは、今回のイベントにおいてもいいアクセントになるだろう。

「実は、普段はカフェオレよりもカフェラテのほうが多く売れるんですけどね」

ざっくり説明すると、ドリップコーヒーにミルクを混ぜたものがカフェオレ、エスプレッソにミルクを混ぜたものがカフェラテである。長机の左側に置かれた、持ち手のあるステンレス製のミルクジャグに目をやりながら、僕は得心した。

「だからミルクジャグを用意してきたんですね」

「はい。本来はミルクをスチームする際に用いる器具なので、スチームする機材のない今回のイベントに必須のものではありませんが……使い慣れたミルクジャグのほうが、分量を計る手間も省けますし、注ぐのも楽ですので」

カフェラテなどを作る際、スチームするミルクは計量するのではなく、ミルクジャグの注ぎ口のへこみを目安に注ぐのが一般的だ。そのミルクジャグに、エスプレッソマシンに付随しているスチームノズルを突っ込み、ミルクを温め、泡立てていく。

「カフェオレに入れるミルクは温めないんですか？」

「温めません。店長いわく、今回の設備では温度の管理が難しいからって」

牛乳は六〇度前後でもっとも甘みを感じられ、それ以上加熱するとホエイタンパク質の変性などにより甘みが減少し、また生臭い加熱臭も出てしまう。アウトドア用のガスコンロでは火力の細かい調節が難しく、また外気の影響も受けるため、いっそクーラーボックスから取り出した冷たいままのミルクを注いだほうが風味が安定する、と考えるのはうなずける。もちろん、そのぶんだけコーヒーの温度が下がるので、その点も計算に入れる必要がある。

「今回のイベントへの参加は、星後さんと中田さんの親交がきっかけとのことでしたね」

「はい。朝子とは、小学校からの同級生で」

遠くのほうでいまも慌ただしく動き回っている中田を、星後は見やる。

「同い年なのに、こんなイベントの責任者を務める朝子は本当にすごいです。昔から何でも有言実行で目標を実現させてきた彼女を、私は尊敬してて」

おや、と思う。中田のことを深く知っているわけではないものの、僕が思い描く彼女の人物像とのあいだに、いささかのずれがあるように感じたからだ。

「意外ですね。僕からは、あなたのほうがよほどしっかりしているように見えます」

「いえ、私なんて全然」

星後は手を振る。

「朝子とは同じ私立の中高一貫校に進んだんですけど、彼女は大学も一緒に行きたいって言ってくれて。私はわりとまじめな生徒だったから、楽しそうに日々を過ごしていた朝子とは正直、だいぶ学力の差があったんです。それでも朝子は、自分もがんばるからって……なのに、蓋を開けてみると私だけ落ちちゃって」

「それはそれは……時の運ですからね」

大学受験を経験していない僕としては、そうとでも言うしかない。

「朝子は本当に努力家なんです。とにかくバイタリティがすごくて。受験に失敗して落ち込む私を、どこにいたって友達だよってなぐさめてくれました。別々の学校にかようようになってからも、ずっと仲よくしてくれてます」

その中田は、僕らのながめている前で、ヒールを道のくぼみに引っかけて転びそうになっている。僕は言った。

「中田さん、天然系だと思ってました」

「そういう側面はありますけど」星後が噴き出す。「ミスは誰にでもあるでしょう。すぐに非を認め、リカバリできるところが彼女は偉いんです」

中田が出店の依頼のためにタレーランへやってきた折も、美星さんは苦言を呈しつつ、その場で参加を表明していた。言われてみれば、どこか応援し協力してあげたくなるような魅力が、彼女にはある。

「そんな中田さんに慕われるあなたも、きっと素晴らしい方なのでしょうね」

「うわぁ。お気遣い、痛み入ります」

お互いがんばりましょうと言い合って星後と別れたところで、腕時計を見ると一一時まであと一〇分と迫っていた。さすがにイベントの開始に備えたほうがいい。

最後に太陽珈琲のブースを一瞥したところ、メニューはブレンドコーヒーのみだった。奥の長机には、ペーパードリップ用の器具が見える。

米田夫婦は用意された椅子に座り、緊張の面持ちで黙りこくっていた。気軽に声をかけられる空気ではないし、会話が弾むとも思えない。

タレーランのブースに戻ると、美星さんに告げられた。

「とりあえず三〇杯ぶん、淹れておきました。酸化による味の劣化を避けるなら、前もって淹れておくのはこの量が限界でしょう」

仕事をサボっていたことについてチクリとやられた気がして、僕は詫びる。

「すみませんでした。全部任せてしまって」

「構いません。今回、コーヒーを淹れるのは私の役割ですので」

イベント中、美星さんにはコーヒーの抽出に専念してもらい、僕がそのコーヒーをタンブラーに注いだりお会計をしたりといった接客を担うことになっている。通常営業では僕もコーヒーを淹れるが、イベントではタレーランのコーヒーを初めて味わうお客さんが多く、また一度に淹れる量なども普段と異なるため、美星さんが抽出役に徹したほうがいいだろう、と判断したのだ。

「ここからは僕もしっかり働きます。大船に乗った気持ちでいてください」

「頼りにしてますよ。大和は大船どころか超弩級の戦艦ですからね」

などと言い合っているうちに、一一時を過ぎて最初のお客さんがブースへとやってきた。

第一回京都コーヒーフェスティバル、いよいよ幕開けである。

3

タレーランは今回、三〇〇円という値段に対し、一〇〇ミリリットルのコーヒーを出すことにした。

普段の価格設定からすると、やや割安といった程度だ。しかし、わざわざお店に足を運んでくれるお客さんとは異なり、今回のイベントは味見の要素が大きい。お試し価格でよいのではということで、美星さんと僕の意見は一致した。

その一方で、コーヒー一杯一〇〇ミリリットルというのは、味見というほど少量ではない。昔ながらの喫茶店なら一杯およそ一二〇ミリリットル、外国の文化の影響が色濃いカフェではマグカップに対応する一五〇ミリリットル、コンビニコーヒーでもおおむね一五〇ミリリットルなので、それよりいくらか少ない程度だ。これについても議論はあったが、一〇〇ミリリットル以下では味や香りの面でどうしても物足りなさを感じたので、それ以上は減らさないことにした。

タレーランのコーヒーはネルドリップで淹れている。今回、美星さんはいつも使用しているネルドリッパーよりも大きなサイズのものを購入し、一度に大量に淹れる訓練をした。

一度に淹れるコーヒーのカップ数に比例して豆の量を増やすのではなく、一杯につき一〇グラムの豆を使用する場合、二杯なら一八グラム、三杯なら二五グラム、四杯なら三〇グラムと、一杯あたりの量をだんだん減らしていくのが基本だ。すなわち、まとめて淹れるほうが経済的ではあるのだが、少量ずつ淹れるのと同じ味を再現するのは一筋縄ではいかず、美星さんは試行錯誤を繰り返していた。プレッシャーからか、荒(すさ)んでいるようにさえ見受けられたほどだ。

それでも時間をかけ、美星さんは納得のいくコーヒーを淹れられるようになった。これで一回のドリップにつき七杯強、七五〇ミリリットルほどが出来上がる。いったんコーヒーサーバーに落としたコーヒーはその後、保温ポットに移して一〇〇ミリリットルずつ提供する。そちらは僕の役目だ。当然ながら毎回計っている時間はないので、目分量でも正確に注げるようにこちらも訓練した。

そうして迎えたイベント本番、ピークはいきなりやってきた。

スタート前から、すでに会場には多くの人が集まっていた。開幕をいまかいまかと待ちわびるコーヒー好きも、一定数はいただろう。が、それだけではなく、週末の平安神宮を訪れた観光客や地元住民が、せっかくイベントをやっているのだからコーヒーでも飲んでいこうか、といった調子で会場にとどまっている姿も多く見られたようだ。

だから中田が拡声器を用いてイベントの開幕をアナウンスすると、運営本部テントの前には長蛇の列ができた。伊原と上原がそれに応対し、オリジナルタンブラーをゲットした客はこちらのコーヒーブースへと直行する。どの店舗のブースも、詰めかけた人であっという間にいっぱいになった。

今回、タレーランで用意したのは容量一・五リットルのステンレスポット四本だ。小さすぎると容量が足りなくなる一方で、大きすぎると空間ができて酸化が進むため、このサイズがもっともバランスがいいという結論に達した。美星さんは先ほど、あらかじめ淹れておくのは三〇杯ぶんが限界だと語っていたが、それはちょうどこの保温ポット二本ぶんに相当する。七五〇ミリリットルの抽出を四回おこない、保温ポットいっぱいに入れることで、できる限り酸化を防ぐという意味だろう。

その保温ポットが、お客さんからチケットを受け取り、タンブラーにコーヒーを注いでいくと、みるみるうちに軽くなる。その間も美星さんは豆を挽き、複数のドリッパーを使ってコーヒーを抽出し、空の保温ポットを満たしていくが、ドリップには一回につき三分ほどかかるため、どうしても客を待たせる時間が出てくる。僕はそのタイミングで空になったポットを洗ったり、豆を挽くのを手伝ったりしなければならず、一瞬たりとも手を休める暇はなかった。

ロックオン・カフェ時代を含めると約五年半、コーヒー業界に関わってきた僕だが、これほどの目まぐるしさは初めての体験だった。そもそも店舗型の飲食店は席に限りがあるので、イレギュラーな出来事が起きなければ、忙しさは一定のラインを超えにくい。それに対し、イベントはひっきりなしに客がやってくる。店舗と違ってやることは単調でも、できるだけ客を待たせないよう次から次へとさばいていくのは、息継ぎをする間もなく泳ぎ続けるのにも似た苦しさがあった。

それでも正午を回ると、第一陣の客がチケットを使い切ったのか、少しずつ落ち着いてきた。昼時になり、ちゃんとした食事をするために移動したというのもあるだろう。午前中からここまで混むのは完全に想定外だったので、この時間帯に緊張を緩められるのはありがたかった。

「お疲れさまです。いい滑り出しですね」

一二時半になり、ようやく業務連絡以外で美星さんに声をかけられる。彼女は次の

コーヒーを淹れながら、

「たくさんの方に飲んでいただけて、ありがたいことです」

「こちらから見た限り、どのブースにも引けを取らないくらい多くのお客さんが来てくれていたように感じました。この調子だと、チャンピオンもありうるんじゃないですか」

「それは、私にとってはささやかなことですけれど。お店のためというより、あくまでもイベントのために出店したわけですから」

そんなに硬くならなくてもいいではないか。藻川氏が倒れてからの営業は大変で、客が増えすぎてもそれはそれで困ってしまう状況とはいえ、長い目で見れば純喫茶タレーランの名が広まるに越したことはないのだから。

「ま、彼らがおとなしくしていてくれることを願うばかりですね」

「ええ。まだ始まったばかりですが、私の杞憂であればよいなと――」

だが、そのときだ。

「美星さん、あれ見てください」

正面の太陽珈琲のブースを、僕は指差した。

「どうかしましたか」

「なんか、様子がおかしくないですか」

　ブースの中で、米田夫妻と中田朝子が険しい顔で話し込んでいる。カップルらしき客がブースの前に来たものの、堅蔵と二言三言交わすと、あきらめたように離れていった。

「何かあったんでしょうか」

「そのようですが……でも、この手のイベントにトラブルはつきものですし、私たちが懸念しているようなことが起きたと決まったわけでは」

　そこで先のカップルがタレーランのブースへやってきたので、僕らは対応に追われた。それが終わるころ、中田が小走りにこちらへ近づいてきた。

「タレーランさんのところは大丈夫ですか！」

　といきなり言われても、何が何だかわからない。

「あの、特には……どうされました？」

「実は――」

　中田は肩で息をしながら、後ろを振り返る。

「太陽珈琲さんに対する嫌がらせが起きたようでして」

「嫌がらせ？」

「ペーパーフィルターに、切れ目が入れられていたんです」

　僕と美星さんは目を見合わせた。

ペーパーフィルターに、ひとりでに切れ目が入るわけがない。これは、明らかな妨害行為だ。

美星さんの杞憂などではなかった——またしても、事件は起きてしまった。

僕はあたりを見回す。この時間の客の入りはまばらで、ブースの前に列ができるほどではない。そして保温ポットの中には、先ほど美星さんが淹れたばかりのコーヒーが大部分、残っている。

「僕、ちょっと行ってきます」

振り返って言った僕に、美星さんは即答した。

「お願いします」

「あ……でも、美星さんが行ったほうがいいですかね。その場でささっと解決してしまえるかもしれないし……」

僕らのやりとりを、中田は不思議そうな顔で聞いている。

「いえ、アオヤマさんが行ってください。万が一にも、話し合いなどが長引いてポットのコーヒーが尽きたら、私が淹れなくてはなりませんし。それに」

美星さんが、イシ・コーヒーのブースがある方角をちらと見やる。

「犯人がもしさらなる妨害を企んでいるのであれば、最初の妨害で動揺が走るこのタイミングこそ、次の狙い目とするのではないかと思うのです。私はこのブースを守るべく、しっかり見張っておきます」

「えぇっ！　嫌がらせが、この先も起こるって言うんですかぁ？」

中田が驚くのは無理もない。しかし、僕らは第五回ＫＢＣの前例を知っている。

「起きないに越したことはありませんが、可能性の話です。とにかくアオヤマさん、まずは状況の把握に努めてください」

「承知しました」

中田は引き続きほかのブースのスタッフにも知らせなければいけないとのことで、僕は単独で太陽珈琲のブースへ向かう。バックヤードのほうに回ってロープをまたぐと、警備員のおじさんと堅蔵が口論していた。

「こんなことになるんなら、何のためにあんたがおるのかわからんじゃないか！」

「ですから何度も申し上げておりますとおり、このバックヤードには関係者を除いて誰一人……」

「現にこうして嫌がらせが起きとるだろう！」

堅蔵の後ろで幸代がおろおろしている。

「まあまあ、米田さん。ちょっと落ち着いてください」

「あぁ、お向かいの」堅蔵は機嫌の悪さを隠そうとしない。「落ち着いてなんていられるか。二〇年以上、店をやってきたが、こんな直接的な営業妨害を受けたのは初めてだ。不愉快極まりない」

「お気持ちはお察ししますが……」

「どうせ、コーヒーになんて何の興味もない、通りすがりの馬鹿者のいたずらだろう。そういうのを防ぐのが、警備員の役割じゃないのか」

「僕は、部外者が犯人だとは限らないと思いますよ」

堅蔵が目をすがめる。「何だと？」

そうこうしてる間に、ほかのブースからも人が集まってきた。中田がタレーランの対応に倣(なら)わせたのだろう、どのコーヒー店からも一人ずつスタッフが来ている。ロックオン・カフェからは森場、モンキーズカフェからは錦戸、椿カフェからは足伊豆、そして——イシ・コーヒーからは石井春夫だ。

中田が場を取り仕切るべく、堅蔵の前に歩み出た。

「このたびは太陽珈琲さん並びに参加された店舗のみなさんに対し、このような事態を招いてしまったことを、イベント責任者として深くお詫び申し上げます」

中田が謝罪しても、堅蔵は収まらない。

「犯人でもないあんたに謝られても、それで気持ちを切り替えよう、とはならんよ」

「あのぅ……なんか、ペーパーフィルターがどうのって聞きましたけど。具体的に、どんな嫌がらせを受けたんですか」

足伊豆の質問に、幸代が手に持っているものを差し出した。

「これなんです。気づいたら、こんな風になってて……」

それは、円錐形（えんすいがた）のドリッパーで使用される、ペーパーフィルターの束だった。日本が誇るコーヒー器具のメーカーであり、国内唯一の耐熱ガラス工場を保有する、ハリオ株式会社。そのハリオが二〇〇五年に発売した、円錐形の内側にひねりのあるリブを刻んだV60透過ドリッパーは、コーヒーの品質にこだわるサードウェーブの潮流にマッチし、二〇一〇年のワールドバリスタチャンピオンシップロンドン大会で優勝した選手が用いた結果、世界的な大ヒット商品となった。

そのV60を、太陽珈琲ではドリップに用いているようだ。ペーパーフィルターもハリオの純正品の、やや茶色い扇形のものである。

幸代が持っているそのフィルターには、端から一センチほどの切れ目が入れられていた。何らかの事故や不良品ではなく、ハサミなどの刃物で意図的に入れられたものと一目でわかる。言うまでもなく、切れ目があるとそこから豆やお湯が漏れてしまうので、フィルターとしては用をなさない。

「朝、会場に到着した段階で、私は一度、フィルターに異常がないことを確かめました。つまり妨害は、この会場でおこなわれたということで間違いありません」

「束ごと手に取って、ハサミでちょきんと切ったんですかねぇ」

足伊豆の言葉に、幸代は首を左右に振った。

「よく見てください。切れ目の入っている箇所が、バラバラなんです」

幸代は三〇枚ほどあるフィルターの束を広げる。すると彼女の言ったとおり、フィルターは一枚一枚違うところに切れ目が入っていた。中には何枚かまとめて切られたものもあったのかもしれないが、少なくとも持ち上げた束にハサミを一度入れただけではこのようにはならない。

「となると……どういうことですかね？」

首を傾(かし)げた足伊豆に、堅蔵が鼻をふんと鳴らして答えた。

「おれたち夫婦の目を盗んで、一枚ずつ切っていったんだろう」

「それはおかしくないですか」

僕は割って入る。この手の議論は、美星さんとの付き合いの中で慣れっこだ。

「三〇枚のフィルターに一枚ずつ切れ目を入れようと思ったら、けっこうな時間がかかりますよ。何枚かまとめて切ったものを混ぜれば少しは時間短縮できますが、それでも一瞬とはいかないはずです。そんなに長い時間、お二人はフィルターから目を離していたんですか」

「おい、どうなんだ」

堅蔵が問い、幸代が答える。

「フィルターは後方の長机に置いた、上部の空いた箱に、立てた状態で入れてありました。そこから一枚ずつ抜き取りながら、隣で私がコーヒーを淹れておりましたから……」

思わずずっこけそうになった。堅蔵が淹れてるんじゃなかったのか。

「もちろんコーヒーを淹れる最中に、フィルターの箱から目を離した時間はあったと思います。でも、長くても二、三分じゃないでしょうか」

「その近くで不審な動きをしていた人物を見かけた、なんてことは」

「ありません。おっしゃるとおり、三〇枚ものフィルターを切る姿を見逃したとは考えられません」

「とはいえ長時間に及ぶイベントですから、お手洗いくらいは行かれていても不思議ではないですよね。そうしてブースが手薄になった隙を狙って、犯人はフィルターを一枚ずつ切っていったのでは」

森場の発言を、米田夫妻はそろって否定した。

「まだ、開始から一時間半だぞ。トイレになんて行っとりゃせん」

「私もです。イベントが始まると同時にお客さんがいっぱい押し寄せたので、そんな余裕もありませんでしたし……」

「ですが、そうなるとフィルターに切れ目を入れるのは、なんぴとたりとも不可能だったということになってしまいます」

「──方法ならある」

突如、声を発した石井春夫に、みんなの注目が集まった。

「あらかじめ切れ目を入れたフィルターを用意しておいて、箱ごとすり替えりゃいいんだよ。そうすれば、目を盗むのはほんの一瞬で済む」

その手があったか。いかにも元マジシャン志望らしい発想である……彼が犯人にせよ、そうでないにせよ。

「おばさん、このフィルターは普段から店で使ってるものだったんだろ?」

「はい。店でも、箱に入れっぱなしにしておいて、そこから一枚ずつ取ってコーヒーを淹れるのに使用してました。ハリオのフィルターは、箱がそのままペーパーホルダーとして使える形状になっておりますから」

石井が失礼な態度を取っても、幸代は目くじらを立てない。

「だったら、同じフィルターを用意するのは難しくない。事前に店に行ってリサーチすりゃ済む話だからな」

「でも、イベントだからサイズが違うということはありえますよね。現に、うちの店がそうです」と僕。

「だとしても、器具のメーカーまでは変えないだろうが。だったら、サイズ違いに備えて複数の種類のフィルターを用意しておけばいい」

　異論はない。サイズを変えることは考えられても、ドリッパーやフィルターのメーカーまで変えてしまったら、確実に味に影響が出る。太陽珈琲が通常営業時と同じハリオ社製のドリッパーを用いることは予想できたはずだ。

「あの……石井さんのお話だと、まるで犯人がこの嫌がらせのために、前もって準備をしてきたかのように聞こえるのですが」

　そう発言した錦戸のほうを向き、石井は平然と言ってのける。

「だから、さっきからそう言ってんだろ」

「どうしてそんなことをする必要があるんです？」

「決まってんじゃん」なぜか、石井は指パッチンを鳴らした。「チャンピオンになるためだよ――この、第一回京都コーヒーフェスティバルの、な」

　呆気(あっけ)に取られる面々をよそに、僕の脳裡(のうり)には二年前の第五回ＫＢＣで目撃した光景が甦(よみがえ)る――卑怯(ひきょう)な手でライバルを蹴落として優勝しようとした者が、確かにいたのだ。

「賞金すらないのにか？　ありえない」

「そうとは言い切れないと思います」

　笑い飛ばそうとした堅蔵に反論したのは、中田だった。

「みなさんは、今年の五月に開催された『第一回京都珈琲商店街』についてご存じですか」

半分強がうなずいた。そのイベントに関する話は、中田が誘致のためにタレーランへやってきた日にも聞いている。

「京都珈琲商店街は、一言で言えば大成功に終わりました。あのイベントで飲まれたカップ数の第一位に輝いたお店が、その後どれだけ売り上げを伸ばしたかご存じですか」

「いや、そこまでは……」堅蔵は困惑している。

一呼吸おいて、中田は正解を発表した。

「現時点で、およそ四倍だそうです」

これには僕も驚愕した。飲食業において、たったの半年弱で売り上げが四倍というのは、元の客の入りにもよるにせよ驚異的な数字だ。あのイベントに、そこまでの宣伝効果があったとは。

「もちろんイベントの手柄だけでなく、第一位という肩書を生かした店舗さんの営業努力が大いにあったこととは思います。でも、イベントが契機になったことはまぎれもない事実ですし、京都のコーヒー業界がそれほど盛り上がっていると気づき、関係者は誰しも衝撃を受けたのです。小社がいち早く類似イベントを手掛けることになったのも、京都珈琲商店街の反響の大きさに鑑みてのことでした」

「これでわかったろ。他店を妨害してでもチャンピオンになりたいと思わせるにじゅうぶんな利益を、このイベントもまた秘めてる可能性があるってことがよ」

中田から詳しい数字を聞き知っていたのであろう石井は言う。

「賞金なんて使っちまえばおしまいだけど、売り上げはそう簡単には落ちやしないからな。たかが賞金のために妨害したと考えるより、はるかに納得のいく動機だ」

「たかが賞金のために妨害に及んだことのある人が言うと、説得力ありますね」

「おい、何か言ったか？」

何気ないつぶやきを拾われそうになり、僕は無言でかぶりを振った。

「とにかく、犯人は他店の妨害のため、ペーパーフィルターに細工をした。被害に遭った太陽珈琲は、代わりのペーパーフィルターを用意するあいだ、営業の中断を余儀なくされる。最終的に何枚のフィルターが必要になるか読めない以上、似たようなフィルターを使っている他店から譲ってもらうというのも、現実的じゃないしな」

「近くの店に買いに走るとして、一時間ほどでしょうか」

幸代が嘆く。岡崎公園は繁華街にも近接しているので、V60のような一般的なドリッパーのフィルターならば、替えを入手すること自体はさほど難しくない。しかし、事態の発覚からこうした話し合いを経て営業を再開するまでは、どうしても時間がかかってしまう。

「犯人はうちの店が、強力なライバルになると踏んでいたのか……」

「そいつはどうか知らねえけど。妨害しやすそうだったから、一つでも蹴落としておくに越したことはないと考えただけかもしれないし」

その必要もないのに、石井は堅蔵の自意識をくじく。

「しかし、それならピークタイムを狙ったほうがより効果的だったんじゃないでしょうか。この時間はどのブースも比較的落ち着いてきていたので、一時間程度の営業中断がそこまで順位を左右するとは思えないのですが」

森場が呈した疑問を、石井は一蹴する。

「ピークタイムにはチャンスがなかっただけだろ。おばさんがフィルターの箱につきっきりですり替えられなかったのかもしれないし、犯人も忙しくてそんな暇がなかったのかもしれない。そもそも、第一回のイベントでピークタイムがいつになるなんて誰にも読めなかったというのもあるだろうな。だが、いずれにせよ、だ」

石井は場にいる面々を見回し、告げた。

「犯人は、今回のイベントに参加した店舗のスタッフ、一二人の中にいる」

足伊豆が、錦戸が、森場が、米田夫妻が、そして中田が息を呑む。

動機の線から考えるとそういう話になる。だが、ことはそこまで単純ではない。僕は指摘する。

「六店舗の中に犯人がいるというのはうなずけますが、実行犯が一二人のうちの誰かであるとは限らないんじゃないですかね。チャンピオンになるメリットは、個人ではなくお店が享受するものですから。今回のイベントに参加していないスタッフの犯行の可能性もあると思います。パスだって、店ぐるみならそのときだけ貸せばいいんだし」

むしろ、そちらのほうが遊軍として動きやすいだろう。

石井はがっくりきたようで、

「この中にいるって言ったほうが、締まるだろうが」

と言われても、事実に反することを吹聴されては困る。別に、石井にかっこつけてもらうために話し合っているわけではないのだし。

それにしても、石井が探偵役を務めているこの流れはいったい何なのだろう。彼こそが妨害行為に及んだ犯人だと考えるのは筋違いなのか？　あるいは、誰かに罪を着せようとしているのか。いずれにせよ、油断ならない立ち回りだ。

と、そこで森場が思わぬことを言い出した。

「そうなると、犯人はうちのスタッフじゃありませんね」

「何でだよ」石井が嚙みつく。

「こんなことを申し上げるのは何ですが、ロックオン・カフェは現状、すでにたくさんのお客さんにご来店いただいており、じゅうぶんな利益を上げています。したがって、他店を妨害してまでチャンピオンになる必要性に乏しい」

「だったらうちだってそうですよ」錦戸が便乗する。「今回のイベントに出店したのは、あくまでも望の友人の中田さんを立てるためです。そりゃあ売り上げが伸びるに越したことはありませんが、なりふりかまわずチャンピオンを目指さなきゃならないほど困っちゃいない」

「黙れ黙れ！　そんなことが容疑を逃れる理由になるか」

石井がわめくので、森場も錦戸も口をつぐむ。

「あんたらがどう考えていようと、スタッフ全員が同じ考えだとは限らない。たとえいますぐの売り上げ増に関心がなくても、栄冠を持ってて損はないだろ。遠くない将来、未知のウイルスが世界的に流行して、飲食店が軒並み壊滅的ダメージを受ける可能性だってゼロじゃないんだからな」

「そんなバカな」堅蔵は鼻で笑う。

「現実的かどうかより、そういう考え方もできるという例だよ」

そして石井は、後ろで手を組む。

「もっとロジカルに話をしようじゃないか。おれはすでに、容疑者を二店舗に絞っている。それは——おまえらだ！　ロックオン・カフェとモンキーズカフェ！」

先ほど無実を主張したばかりの二店舗は、石井の右手と左手の人差し指でそれぞれ差され、そろって激昂（げきこう）した。

「ふざけるな！　意趣返しのつもりか」

「そうですよ。根拠はあるんですか」

「あるね。このうえなく明確な根拠が」

石井はおもむろに、少し離れて立っていた警備員のほうを向いた。

「警備員さん。あなた、ずっとこの西側ブースのバックヤードを見張ってたんですよね。ではお訊きしますが、今日のイベントがスタートしてから、あのうっとうしいロープをまたいでバックヤードに侵入した人、誰かいましたか？」

いきなり名探偵じみた口調になった石井は気味が悪かったが、警備員は動じることなく答えた。

「私はみなさんが準備を始められる九時よりも前に、こちらで警備についております。一一時までは、パスさえ下げていれば誰でも通したので、東側ブースのスタッフなのか西側ブースのスタッフなのかまでは区別していませんでした。けれどもイベント開始以降は、西側ブースのスタッフ及び中田さん以外の出入りはなかったと断言できます。私がトイレなどで持ち場を離れることもありませんでした」

「なるほど。ではイベント中、太陽珈琲のバックヤードに近づく機会があったのは誰でしょう?」

「西側ブースにいた六名のスタッフと、中田さん。以上の七名です」

米田夫妻、森場、錦戸、それに中田を加えた五名が愕然とする。

石井は勝ち誇った。

「これでわかったろ。この犯行は、西側ブースにいた連中にしか実行しえない!」

宣言どおり、石井の推理には確たる根拠があった。動機の線から無実を訴えた両名は、反対に疑いの刃を突きつけられて言葉を失っている。

見るに見かねてか、中田が言った。

「警察に届けましょう。これは、立派な犯罪です」

「でも……三〇枚のペーパーフィルターなんて、たかだか数十円ですよ。営業できないあいだの損害を加算しても、被害総額は一万円がせいぜいでしょう。警察がまともに相手してくれるかどうか」幸代は及び腰だ。

「額の問題じゃないと思います。警察が捜査してくれれば、きっと指紋とかで……」

「忘れたのかよ。おれら、ずっとビニール手袋してんだぞ。計画的犯行ならフィルターに切れ目を入れるあいだは指紋がつかないよう注意を払っただろうし、箱のすり替えの際に手袋をしていて怪しまれる状況でもなかった」

石井がいまも手にはめているビニール手袋を示す。中田はうっとうめき、

「でもでも、被害に遭われた太陽珈琲さんも、疑われているロックオン・カフェさんやモンキーズカフェさんも、このままじゃ納得いかないでしょう」

「警察沙汰になって、そのうえ参加した店舗のスタッフが犯人だったなんてことが明るみに出れば、イベントのイメージは著しく損なわれ、サクラチルも管理体制を問われて打撃を受けるよ。朝子ちゃんは、それでもいいの」

　石井に諭され、中田は青ざめる。

「……太陽珈琲さんはどう思われますか」

　堅蔵が、あきらめたようにため息をついた。

「悔しいが、顔合わせでも言ったように、うちの店は少しでも客が増えればという一心で出店した。ここでイベントそのものが世間の顰蹙を買うよりは、たとえチャンピオンにはなれなくても、イベントをやりきって一人でも多くの人にうちのコーヒーを飲んでもらうほうが、まだしも目的に適うだろう」

　被害者のその言葉が、決め手となった。

「……わかりました。通報は、やめにします」

　中田は断腸の思いといった面持ちで、裁定を下す。

「わたくしどもも警戒を強めますが、みなさんくれぐれもお気をつけください。犯人がチャンピオンの座を狙っているとしたら、これっきりとは言い切れません。フィルターを切る程度ならまだしも、もっと危ない手段に打って出るおそれもありますから」

「どうだろうな。他店を妨害すればするほど、容疑者は絞られていくわけだし」

石井は犯行が続くのではないかという懸念に対しては懐疑的らしい。

「だとしても、一店舗を妨害しただけでは効果が薄いはずです。もう一店舗くらい狙われたっておかしくはない」

「だったら、監視カメラでも設置すればいいじゃん」

石井が簡単に言うも、中田はきまりが悪そうになる。

「この広い会場をカメラに収めるのは難しそうでして……各ブースに設置するとしても、最低六台になります。申し訳ありませんがいまから調達するのも、また予算の面からも現実的ではなく——」

「キャアッ！」

突然、幸代が叫んだので、僕らはびくりとした。

「す、すみません。たったいま気づいたのですが、最後の一枚のフィルターにこんなものが……」

幸代は手に持っていた、切れ目の入ったフィルターを裏返す。

そこに黒い油性ペンらしき線で記された、筆跡を特定させないためかわざと変な癖をつけられた手書き文字に、僕は犯人の執念を知って背筋の凍る思いがした。

〈チャンピオンの栄冠は、われわれがいただく〉

4

「石井さんの推理には、穴があります」

僕から報告を受けた美星さんの、第一声がそれだった。

「穴、ですか」

客の途切れた合間に、僕は真意を問う。時刻は間もなく一三時半、会場にはまた客が増えつつあるように感じられる。

「一枚ずつ切れ目を入れていく機会がなかったのですから、箱ごとすり替えられたのではないか、という考えには同意です。しかしながら、箱がすり替えられたのがイベント開始以降であったと決めつけるのは早計です」

「どうしてです。妨害行為が発覚するまで、幸代さんは切れ目のないペーパーフィルターを使ってコーヒーを淹れられていたんですよ。発覚の直前にフィルターがすり替えられたと見るのが自然でしょう」

「単純な話です。切ったフィルターの上に、無傷のフィルターを何枚か重ねておけばよいのです」

あっと声が漏れた。美星さんは続ける。

「幸代さんは、箱から一枚ずつフィルターを取ってドリップに用いていたとおっしゃったのですよね。普通、フィルターは手前から順に取っていくでしょう。だったら、切れ目のないフィルターを重ねておけば、すり替えの発覚を遅らせることができます」

「盲点でした……それなら、ピークタイムに妨害しなかった理由も変わってくるかもしれませんね。フィルターを重ねただけでは、いつ妨害が発覚するかまでは読めなかったんだ」

「警備員さんは、イベント開始前はパスさえ下げていれば誰でもバックヤードに通した、と証言したのですよね。一方で、私たちがそうであったように、どの店舗もイベント開始の二時間前には会場に到着して準備を進めてましたから、米田さんご夫妻がペーパーフィルターの箱から目を離し、かつほかの人がその箱に近づくことのできたタイミングは、あの準備の時間帯であればいくらでもあったはずです。したがって、西側ブースのバックヤードにいた人だけに妨害をなしえたとするのは誤りです」

さすがは美星さん、この短時間でいともたやすく石井の推理を打ち砕いてみせた。やっぱり、話し合いには美星さんが向かったほうがよかったんじゃないだろうか。

「しかし、そうすると犯行はパスを持つ関係者全員に可能だったことになりますね」

「そうですね。石井さんがおっしゃったように、初めから太陽珈琲を狙った計画的犯行であったのなら、切れ目入りのペーパーフィルターを準備しておくことは容易ですから」

お客さんがやってきて、僕はコーヒーをサーブする。それが終わったところで、美星さんが議論を再開した。

「そもそも、なぜ犯人は一枚ずつ切れ目を入れるなんていう、手間のかかることをしたのでしょうか」

「と言うと？」

「太陽珈琲を妨害したいのなら、束ごと一ヶ所にハサミを入れるだけでじゅうぶんですよね。それでもう、フィルターは使い物にならなくなるのですから」

正面のブースはいまも静かだ。幸代の姿が見当たらないから、フィルターの調達に奔走しているのだろう。

「しかもそれなら、通りすがりの人のいたずらに見せかけることだってできますよね。警備員さんがどう証言するかなんて、ことを起こしてからでなければわかりませんし」

「現に、堅蔵さんも最初はそうにらんでいたようですしね」

「にもかかわらず、一枚ずつ切ることに時間と労力を費やし、あまつさえ犯行声明文まで残した犯人の狙いが、私にはよくわからないのです。パスを持つ店舗スタッフの中に犯人がいるのだとしたら、確実に自分も容疑者にされてしまうのに」

少し考え、僕は慎重に話し出した。

「容疑者を絞ることこそが、犯人の狙いだったとしたら？」

美星さんは、全然違うと思います、と切って捨てなかった。

「続きをお願いします」

「フィルターの束にまとめて一度、ハサミを入れた場合を想像してください。先ほど美星さんが言ったように、通りすがりの人のいたずらの可能性さえ残り、容疑者をまったく絞れません。絞れないということは、犯人自身もまた容疑者の一人、ということです。しかも、チャンピオンになるためという強力な動機を持つ、ね」

あくまでも、警備員が部外者を入れなかったと証言したのは、結果的にそうなっただけなのだ。箱ごとすり替えようが、その場で米田夫妻の目を盗んでハサミを入れようが、あの警備員の証言がなければ容疑者は絞れないはずだった。

「では今回のように、一枚ずつ切られていたらどうなるでしょう。この場合は、すり替えるフィルターの事前準備が必須になるため、通りすがりの人のいたずらという線は消えます。いきおい、これはいたずらではなく関係者による妨害、ということになる。犯行声明文もそれを裏づけています」

「おっしゃるとおりです」

「だからこそ、箱のすり替えのタイミングが重要になってくるわけです。このとき、先ほど美星さんが口にした、切れ目のないフィルターを重ねておくというトリックを考えつかなかった僕らが、どういう結論に達したかというと――」

「犯人は、西側ブースの店舗スタッフの中にいる」

僕は、わが意を得たりとばかりにうなずいた。

「それこそが、犯人の狙いだったんですよ。なぜなら、犯人は西側ブースにはいなかったから」

話が読めたようだ。美星さんはあとを引き取る。

「犯人は西側ブースのスタッフではなく、かつ、先の推理を披露してことさらに無実を主張した人物――石井春夫さん、ということですね」

「それなら警備員の証言をあてにしなくても、『自分はブースを離れていない』と主張することでアリバイを確保できますから」

「一点気になったのですが、犯行のタイミングを問題とするなら、やはり一枚ずつ切った場合でもまとめて切った場合でも差はないように思えます」

「そうでもありません。通りすがりのいたずらという方向で話を進めているときに、あえて自身のアリバイを主張すれば、かえって悪目立ちしてしまいます。けれども今回、一枚ずつ切り、さらに犯行声明文を残すことで、容疑者は他店を妨害する動機のある店舗スタッフの一二名――太陽珈琲も含めるのであれば――に絞られました。ここで初めて、自然な流れで無実を訴え、しかも別の人に疑いを向けることができるのです」

「なるほど。アオヤマさん、冴えてますね」

美星さんがにっこりしたので、僕は誇らしい気持ちになった。

「彼が美星さんをイベントに誘った理由も、どうやらこの辺にありそうですね」

「それは、どういう？」

「石井さんは美星さんに、箱のすり替えトリックを見抜いてほしかったんですよ。そうすると、自分で言い出さなくても容疑から逃れられる。ところが目論見が外れ、あの話し合いの場に美星さんが立ち会わなかったので、みずから探偵役を務めざるを得なくなった」

「だとしたら、なめられたものです。箱のすり替えは思いついても、フィルターを重ねるところまでは思い至らないだろう、と見込まれていたことになりますから」

美星さんはむくれている。

「そこが彼の最大の誤算でしたね。さて、どうしましょう。石井さんを問い詰めますか。それとも、中田さんに伝えておきますか」

「石井さんが有力な容疑者であることに異論はありませんが、残念ながら証拠がありません」

「すり替えたフィルターを持っていれば……」

「私が犯人なら、間違いなくとっくに処分してますね」

「ですよねぇ。うーん、もどかしいな」

「疑われていないと思わせておくほうが、かえってボロを出すかもしれません。同じ理由で、中田さんに報告するのもいまはまだやめておきましょう」

「彼女、疑いを隠して石井さんと接することができるほど、器用そうには見えませんものね」

「むろん、私たちの推理が誤っているおそれもあります。余計な混乱を招いてしまっては、犯人の思う壺です」

僕らは引き続き、石井への警戒を怠らないことで同意した。北のブースを見やると、石井は客の前で機嫌よさそうに簡単なマジックを披露していた。

その後は大きなトラブルもなく、一四時過ぎには二度めの来客数のピークを迎えたが、それも陽が傾くにつれ緩やかに減少していった。

太陽珈琲はあれから一時間弱で営業を再開した。その間に来場した客はほかのブースに投票するだろうから、チャンピオンを目指すうえでは一時間のロスは手痛いが、売り上げについてだけ考えるなら、幸代も試算していたとおりそこまでの打撃はなかったはずである。

そして、一八時。第一回京都コーヒーフェスティバル一日め、終了の時刻が訪れた。直後から、運営のテントでサクラチルの面々が投票を集計しているのが見えた。それが済んだところで招集がかかり、朝の顔合わせと同じ場所に店舗スタッフが集まる。

「みなさん、本日は本当にお疲れさまでした」

中田の言葉に合わせて、めいめい軽くお辞儀をする。

「トラブルもありましたが、初日を無事に終えられ、まずはほっとしております。みなさんのご協力のおかげです。ありがとうございます」

おっと、あの妨害をもってして「無事に終えられ」と表現するか。のんきすぎる気もするが、主催者がうつむいていては参加者の士気も下がる。彼女もそれを理解したうえで、あえてポジティブな表現をしたのかもしれない。

「それではここで、チャンピオンを決める人気投票の、中間発表をおこないます！」

中田が宣言すると、場には少しばかりの緊張が走った。

「と言っても、上位三店舗を発表するにとどめ、票数などは申し上げませんのでご了承ください。あくまでも、明日のよりよい結果を目指すうえで参考になれば、という意味合いでの中間発表でございます」

店舗スタッフが誰も反対しないのを待って、中田は告げた。

「それではいきます。第一位は、ロックオン・カフェさんです！」

拍手を贈られて森場は誇らしげにしている一方、青瓶は表情一つ変えない。かわいげのない新人である。

「第二位、モンキーズカフェさんです！」

錦戸と星後がぺこりとすると、再び拍手が起こった。カフェオレのラインアップに力を入れたのが功を奏したのだろうか。

「最後、第三位は……純喫茶タレーランさんです！」

自分たちでは売り上げが好調だとわかっていたのでさほど驚かなかったが、場からはどよめきが起こった。こんなところに伏兵がいたか、と思われたのかもしれない。モンキーズカフェとは対照的に、わかりやすくブレンドのドリップ一本に絞ったことも上位の理由だろう。

「そのほかの店舗さんもまだまだ逆転可能ですので、明日はがんばってくださいね」

中田が精一杯明るく締めるも、米田堅蔵は白けた顔だ。妨害によって売り上げが落ちたのは事実なのだから同情せざるを得ない。椿カフェの二人は飄々（ひょうひょう）としていて、結果にはあまり執着していない様子だ。

そして――僕は、石井春夫のほうを見やった。

中田に向けた目は醒めていて、感情が読めない。ヘルプに過ぎない隣の冴子は、興味なさそうに髪の毛の先をいじっている。

僕と美星さんはあくまでも論理的に、石井春夫が容疑者の筆頭であると導き出した。だが、だとしたらこの結果をどう受け止めればいいのだろう。

妨害によって太陽珈琲を蹴落とし、順位が一つ上がった可能性はある。それでも、イシ・コーヒーは最高で四位だ。チャンピオンになるには、あと三店舗を追い越さなくてはならない。

明日のイベント中に、上位三店舗に対しても妨害行為をはたらくつもりなのだろうか？

考えるまでもなく、無茶だと言い切れる。四店舗も相手取り妨害してしまっては、ほとんど自分たちが犯人であると白状しているようなものだ。

ということは、だ。

妨害行為は、もう発生しないのではないか？

初日はまだ、どの店がどれだけの票を集めるのかが読めなかったから、妨害をする意義はあった。けれどもこの中間発表を聞いてしまっては、明日新たな妨害行為が発生したあかつきには、確実に妨害の影響で順位を上げた店舗へと疑いの目が向く。そして、順位が上がらなければ妨害なんてやるだけ無駄、それどころかバレるリスクまで背負うことになるのだ。

ならばもはや、妨害によってチャンピオンの座を奪取するという道は塞がれてしまっているのではないだろうか。これは石井春夫に限らず、誰が犯人であっても同じことが言える。二位以下は順位が上がることによって疑われ、一位は妨害をやる必要がない。

「それでは、明日も今日と同じく一一時からのスタートとなります。みなさん、引き続きどうぞよろしくお願いいたします！」

中田が言い、解散となった。

僕は片づけのためにブースへ戻ろうとする。と、後ろから肩をちょんちょんとつつかれた。

振り向こうとする僕の鼻を、フローラルな香りが撫でる。直後、耳元でささやかれた言葉に、僕は固まった。

「――――」

どうして、と思う間もなく、声の主は去っていく。僕の先を歩く美星さんは、この一幕に気づく由もなかった。

片づけがあらかた終わるころになって、藻川氏が姿を現した。一八時に終わることは伝えてあったので、荷物を運搬すべく車を回してくれたのだ。

「わしの作るアップルパイとナポリタンなしでは、そない売れへんかったやろ」

ねぎらいもなくそんなことを言う藻川氏に、美星さんはカチンときたらしく、

「人気投票、いま三位だって。悪くない結果だと思うけど」

「ほな、わしがおったら一位やったな」

「フードが出せないんだから、おじちゃんがいたって邪魔なだけでしょう。ほら、無駄口叩いてないで荷物運んで」

「一位になれへんかったからってピリピリせんとき。わしがおらんとタレーランは全然あかんことを思い知る、えぇ機会になったやろ――」

「うるさい、この色ボケ老人！　一族の恥！」

あーあ。しつこくしすぎて美星さん、ブチギレちゃったよ。

「すっごく忙しかったうえにトラブルまで起きて私、くたくたに疲れてるの。お願いだから黙ってて」

美星さんにニット帽をはぎ取られた藻川氏はすっかり青菜に塩で、

「だって……わしかてほんまはイベントに参加したかったんやもん。何の役にも立ってへんし、仲間外れにされてるみたいで、何やえらい寂しなってなぁ……」

すると、美星さんは腰に手を当てて言う。

「しょうがないでしょう。心臓手術から半年しか経ってないおじちゃんに、野外の立

ち仕事なんて任せるわけにはいかなかったんだから。こうやって車を運転してくれてるだけでも、じゅうぶん役に立ってるよ」

「ほんまか？　わしもタレーランの一員やと胸張ってええんか？」

「当たり前じゃない。何てったって、タレーランのオーナーはこの世にただ一人、おじちゃんだけなんだから」

「美星……！」

「おじちゃん……！」

二人は手を取り合っている。何これ？

「はいはい。お二人とも、気が済んだらさっさと行きますよ」

僕の言葉で、美星さんはわれに返った。乗せられてつい、とか何とかぶつぶつ言いながら藻川氏にニット帽を返すその頬は、とっくに過ぎた夕暮れの空のように赤かった。

5

「一族の恥は言いすぎちゃうか」

藻川氏はまだ引きずっていた。

ところ変わって、純喫茶タレーランの店内である。イベントで使った道具の手入れと片づけ、および明日の準備を今夜のうちに済ませておく。たとえば、今日繰り返し使用したネルフィルターは煮沸したうえで水を張った容器に入れて冷蔵庫に保管しなくてはならないし、保温ポットも注ぎ口などに溜まったコーヒーが酸化すると味に影響を与えかねないので、入念に洗う必要がある。作業量としては、普段の閉店後とそんなに変わらない。

「恥と言われることがこたえるくらいのプライドはあるんだ」

明日使うぶんのコーヒー豆を計量しながら、美星さんはぼそっとつぶやく。皮肉ではなく本心から言ってそうで怖い。

三人で手分けして、一時間ほどで作業は完了した。普段はサボり癖のある藻川氏も、直前に仲間外れの寂しさを訴えたばかりでは手を抜くわけにいかなかったのか、いつになくしっかり働いていた。

「さてと、こんなところかな」

美星さんが手をはたきながら言う。店長の気が済んだなら、むろん店員の僕はしたがうまでだ。

「アオヤマさん、おじちゃん、今日はお疲れさま。純喫茶タレーランの、短くはない歴史の中で初のイベント参加でしたが、当店としては大きな失敗もなく、営業を終えることができたのではないかと思います」

《当店としては》という表現にはむろん、妨害の一件が言外に含まれている。

「明日も無事に終えられるよう、スタッフ一同がんばっていきましょう」

「はい！」

「よっしゃ」

「それでは失礼しまーす」

そそくさと帰ろうとした僕の背中に、声がかかった。

「どこへ行くんです。アオヤマさん」

振り返る。美星店長の眼差しがじっとりしていて、僕は挙動不審になった。

「いや、どこへって、帰るんですよ。今日はもう終わりでしょう？」

「それはそうですけど……何だか、逃げ帰るみたいだな、と思って」

「やだなぁ。疲れたんで、早く帰って休みたいだけです」

「ふぅん……まぁ、いいでしょう。お疲れさまでした」

「はーい。お休みなさーい」

店を出て、扉を閉める。胸に手を当てると、心臓がバクバク鳴っていた。

何なのだ、いまの反応は！　美星さん、基本的にはあくまでも洞察力と推理力に優れた女性であって、超能力の持ち主では決してないはずなのだが、ときどき女の勘とでもいうべき――これも前時代的表現か？――鋭さを発揮することがあるのだ。

　だがともかく、僕は家屋の軒でできたトンネルをくぐってタレーランの敷地の外に出ると、二条通を東進し始めた。途中、何度かあたりを見回してみたが、何者かにあとをつけられているといったこともない。

　鴨川にぶつかる少し手前、左手に見える建物に入る。そこは、内装はオーセンティックでありながら、明るくて広々としたバーになっていた。店内の至るところにお酒の瓶がずらりと並び、バーカウンターは二つに分かれ、テーブル席も設けられている。食事のメニューも充実していて、店内には名物のカレーの香りがほのかに漂っていた。

　奥のカウンター席に座る女性が、僕を見るなり手を振った。

「やば。ほんとに来てくれた」

　隣の椅子に腰を下ろしながら、僕は言う。

「あなたが誘ったから来たんでしょう――舌瀬舞香さん」

　舞香はこっちを見ながら、屈託もなく笑っている。

　夕方の集会のあとで、僕にこっそり耳打ちしたのが彼女だった。いわく、

「このあと、一緒にごはん行こ。ウチのラインラインのＩＤ、×××だから」

　ラインラインというのはアロマの名前ではなくスマートフォンのメッセージアプリのことで、ＩＤがわかればアカウントを検索できる。舞香が口頭で伝えてきたＩＤは

シンプルなもので、試しに検索してみると「マイカだよ♡」という名前のアカウントがヒットした。アイコンは椿カフェのロゴになっている椿の花の絵で、本人であることは疑いようがなかった。

とりあえずメッセージを送るとすぐさま返信があり——僕はアカウント名を本名に設定しているのでスムーズだった——食事に誘ってきたのはどうやら本気らしいとわかった。これからタレーランに戻らなければならない旨を伝え、舞香はそれなら近くまで行くと言ったので、僕の知るバーに入ってもらった。椿カフェの店舗に戻ってからの片づけは足伊豆が一人でやるとのことで、現地解散を告げられたらしい。岡崎公園からこのバーまでは、歩いても一五分とかからない。

僕が舞香の誘いに応じたのには理由がある。イベント開始前に少し言葉を交わしただけの僕に、わざわざ声をかけてきたからには、何か話があるのだろう、太陽珈琲の妨害の件とも関連しているのではないかと踏んだのだ。だからこれは情報収集の一環であり、もちろん浮気などでは断じてなく、浮ついた気持ちは皆無と言っていい……まぁ、本当に皆無かって言われるとその、近年話題のPM2・5一粒くらいはあるかもしれないけども。

舞香はミモザを一杯だけ注文して、僕の到着を待っていたらしい。入店したのは二〇分ほど前だそうだ。

「いいお店だね。おしゃれだけど、かしこまりすぎてなくて」

「タレーランの営業が終わってから、たまに寄るんです。近いし、何を注文してもおいしいから」

するとと舞香は噴き出しながら、

「やめてよ敬語。歳上でしょ？」

「えっと……そうなるのかな。今月で二五になるけど」

「ウチは今年で二四」

社会人になると一つの歳の差なんて気にすべき指標ではなくなるが、確かに歳下の彼女だけがタメ口なのは違和感があるので、僕も彼女に倣うことにした。

差し当たりビールと、フードを何品か注文する。それが終わると舞香は、にわかに僕の顔をのぞき込むようにした。

「で、このお店、彼女とよく来るの？」

「彼女って？」

「決まってんじゃん。美星ちゃんだよ」

ニヤニヤしている。僕は早くも差し出されたビールに逃げながら、

「美星さんとは、別にそういうのじゃないけど。まぁ、仕事終わりに一緒に来たことはあるね」

「へぇー、付き合ってないんだ。女の前だからってごまかしてない？」

「そ、そんなことは……舞香さんだって、足伊豆さんとは何でもないんだろ？」

「うちのマスター、チャラいからねー。ウチは願い下げ。ま、だからこそお店がうまくいってるんだろうけど」

恋愛関係にある男女ではカフェなんて経営できない、という意見に対する反証のつもりで、

「でも、モンキーズカフェの二人は付き合ってるみたいだったよ」

「のぞみんと錦戸さんね。知ってる、指輪見て本人に確かめたから」

前者は星後望のことに違いないが、出会って初日でもうのぞみんか。つくづくこの人は他人との距離感がバグっている。

「遠慮がないんだね。そういうの、軽はずみに踏み込まないほうがいいと思うけど」

舞香は何を言われたのかわからないという顔をしている。

「だってぇ、ウチも彼氏募集中だしぃ。誰がフリーで誰がそうじゃないのか把握しておかないと、あとあと面倒じゃん」

と言うわりには、美星さんの彼氏だと決めつけていた僕を食事に誘ってきたくせに。進んで面倒を起こそうとしているかのような言動である。

舞香は指を折りながら続ける。

「森場さんは既婚者でしょお。かめちゃん――青瓶くんはフリー。冴子さんと石井さんもフリーで……」

「石井さんまで確かめたの？　言っちゃ何だけど、きみの恋愛対象に入るとは思えない」

「甘いなー。本人はナシでも、飲み会開いたらいい男連れてきてくれるかもしれないじゃん」

貪欲だ。この子は貪欲で、しかも経験豊富だ。

「でもまぁ、石井さんと二人きりでごはん行くのはさすがにダルそうだから、今夜あの中で誘うなら、きみかかめちゃんの二択だったんだよね。きみのほうが来てくれそうだったから、先に声かけたけど……」

「どうして？」

「頼まれたら断れなそうじゃん。どうせ、女性と付き合うのも別れるのも、全部相手の言うがままでしょ？」

うっ……心当たりがありすぎて反論できない。基本、振り回され体質の僕だ。

「もしきみが誘いに乗ってこなければ、その次にかめちゃん誘ってみるつもりだったよ。ま、あの子はクールな感じだし、普通にふられてた気がするけどね」

「要するにこれ、ただのナンパってこと？」

「当たり前じゃん。逆に、何だと思ってたの」

脱力する。情報収集だなんて考えた僕がバカだった。

舞香はフィッシュアンドチップスのフィッシュのほうをつまみ、平然と言う。

「別に、ごはん行く相手に困るほど出会いがないわけじゃないけどさー。せっかくイベントのおかげでこうして同業者と知り合ったんだから、仲よくなっておくに越したことはないでしょ」

彼女の口から、初めてまともな意見が出た気がする。店どうしのつながりを太くして、業界全体を盛り上げていけたらという考えには賛成だ。してみると、恋人云々(うんぬん)はある種の社交辞令も込みなのかもしれない。

「今回のような初開催のイベントでは、一つの店から見てるだけじゃわからないことも多々あるだろうしね。僕も、参加した店舗どうしで情報共有しておいたほうがいいと思ってる」

僕はフィッシュアンドチップスの皿に手を伸ばすも、すでにフィッシュはなくなっていた。そっちばっか食うなよ。あきらめて、残りのチップスをつまむ。

「そんな堅苦しいことは考えてなかったけど……でも今日は、やっぱり関係者の誰かと話したい気分だったかな。あんな事件も起きちゃったしね」

舞香は妨害発覚後の話し合いの場にはいなかったものの、足伊豆から詳細を聞いたという。

「チャンピオンになるために、ほかのお店を妨害する人がいるなんて信じられない。そこまでやる？　って」

「僕は、意外ではなかったかな。むしろ、何かが起きることを警戒していた」

「何で？　もしかして、何か知ってんの」

第五回ＫＢＣの件については、真相までは公になっていないが、オープンの大会だったから、妨害行為があったことは業界に知れ渡っている。僕はその一部始終をかいつまんで話した。

衝撃的な内容だったのだろう、舞香は咀嚼（そしゃく）するように話を吟味したあとで、恨めしげな顔をした。

「そんなの、前もって言っといてくれなきゃだめじゃん」

「石井さんが本当にことを起こすのか、妨害が発生するまで判断がつかなかった。何事もなかった場合、僕らはただ石井さんの悪評を流しただけになってしまう。それは本意じゃなかった」

「そもそも参加させること自体がどうかしてるって。朝子ちゃんは知ってるの？」

「いや、どうかな。たぶん知らないんじゃないか」

「せめて責任者には伝えておくべきでしょ。犯人は石井さんで決まりだし、黙ってるきみたちも共犯みたいなものだよ」

舞香が厳しい言い方をしたのは予想外だったが、彼女の言いたいことはわかる。それでも、僕は反駁しなければならない。

「確かに僕らは出店の話を持ちかけられた時点で石井さんを疑っていたし、現在も有力な容疑者の一人とにらんでいる。けれど、だからってイベントに参加させるべきじゃなかったというのは違うんじゃないかな」

「どうして。前科があるのに？」

「前科があったら喫茶店をやっちゃいけないわけじゃないし、イベントに参加しちゃいけないわけでもない」

「甘いんじゃないの。スポーツなら永久追放だよ」

「めったに出る処分じゃない。それに、一度は永久追放された選手でも、処分が解かれて復帰した例は数多い。調べてみるといいよ」

「そう……なんだ」

舞香は言葉に詰まり、サバのスモークにフォークを伸ばした。

「彼がKBCに出ることは二度とないだろう。それは正当な処分だよ。だけど、彼にだって更生のチャンスは与えられていいはずだ。それを、依拠する法律やルールもないのに業界から爪弾きにするのは、僕はよくないと思う。まして今回のイベントは彼個人ではなく、イシ・コーヒーとして参加しているんだから」

挑むようだった舞香の眼差しが、ちょっと変わった。僕は続ける。

「人は間違いを犯す生き物だよ。心のバランスを崩してよろめき、越えてはいけない一線を越えてしまうこともある。もちろん、それに対して相応の罰は受けるべきだ。そのために、法律やルールはあるんだ。やり直す道を閉ざせば反省する意味もなくなってしまうし、僕はそういう世の中を是としたくない」

「ふぅん。きみって、優しいんだね」

舞香がフォークの先を僕の顔に向けてきた。

「優しいっていうか……僕だって間違いを犯すことはある。それだけだよ」

「石井さんを参加させるのがどうかしてるって言ったことは、撤回する。でも、妨害が起きたことに関しては、タレーランの二人にも責任がないとは言わせないよ。石井さんが犯人なら、運営側で彼に対する警戒を強めていれば、防げたかもしれないんだから」

それについては返す言葉もない。僕はばつの悪さをビールで飲み下す。

「犯人が疑われることなくチャンピオンの栄冠を勝ち取りたいと考える限り、妨害行為はもう起こせないんじゃないかというのが僕の見解だ。でも、そういう問題ではなかったね」

「結果に大した影響がなくても、妨害そのものをなかったことにはできないからねぇ」

「わかった。美星さんとも相談するけど、石井さんの件は明日、中田さんに報告しておこう。よくなかった点を、ちゃんと指摘してくれてありがとう」

「そっくりそのまま返すよ。ウチ、言われなきゃそんな風に考えなかった」

僕はふっと息を漏らしながら、

「何ていうか、安心したよ」

「何が？」

「舞香さん、ここまで話が通じる相手だと思ってなかったから」

「ちょっと、それはマジで失礼」

僕はバーボンのハイボールを、舞香はグラスホッパーを追加注文する。飲み終えたところで、二一時半過ぎに店を出た。

深酒をしなかったのは、言うまでもなく明日もイベントがあるからだ。飲みすぎないほうがいいし、早めに帰ったほうがいい。

なのに、舞香はバーを出るなりこんなことを言い出した。

「せっかくだし、タレーランにも行ってみたいな」

「えっ、いまから？」

「近いんでしょ。いいじゃん、どうせこんな時間に誰もいないだろうし。鍵は？」

「あるけど……本気？」

「コーヒー一杯飲ませてもらったら帰るって。じゃ、レッツゴー」

言動が突飛なのはアルコールのせいか、あるいはもともとそういう性分なのか。すたすた歩き出す舞香の肩に手を置いて、店は逆方向だと伝えた。

閑静な夜の住宅街を通るにはうるさすぎる声量で、舞香はしゃべり続ける。すれ違う人の視線が突き刺さるようだ。

何とか彼女を落ち着かせつつ、七分ほど歩いてタレーランまで戻った。当然、表に電気看板は出ていないが、軒のトンネルを見て舞香は驚いていた。

「うへぇ、こんなとこ通るの。よくやっていけてるね」

「勇気がいるのは最初だけだよ。すぐに、むしろ異世界感があっていいと思えるようになる」

トンネルと庭を通過し、美星さんから預かっている合い鍵で扉を開ける。明かりを点けると、シャルルがびっくりしていた。

「ごめんよ、シャルル」

「お店で猫飼ってるんだ！　おいでおいでー……うわ」

駆け寄ってしゃがみ込んだ舞香に、シャルルは牙をむいている。

「ウチ、この子に嫌われてるみたい」

「めずらしいね。お客さんに対して、めったに感情をあらわにする猫ではないんだけど」

「きみが美星ちゃん以外の女の人を連れてきたから、怒ってるんじゃない？」

「いやー、まさかそんなことは……」

僕はカウンターの向こうに回って、ケトルでお湯を沸かし始めた。並行して、明日使うのとは別のコーヒー豆をミルに入れ、挽き始める。

今日はイベントで忙しく、僕も味見以外でコーヒーを飲んでいない。自分のぶんも含めて二杯、コーヒーを淹れることにする。ドリップはイベント用の大きなネルではなく、通常営業で使用しているものでやるので明日には影響しない。

サーバーにドリップしたコーヒーを二つのカップに注ぐあいだも、舞香はカウンターの椅子に座って僕の手際をじっと見つめている。同業者にこの距離で見られると、さすがに緊張する。カップをカウンターに置き、僕は舞香の左隣の椅子に並んで腰かけた。

舞香はコーヒーを口に含むと、目を見開いた。

「おいしい」

「それはよかった」

「想像以上だったかも。すごいね」

「僕はただ、美星さんに教わったことを忠実に守っているだけだから。すごいのは美星さんだよ」

　美星さんに同じことを言っても、大叔母の千恵さんの教えを守ってるだけ、という答えが返ってくるだろうが。

「うちの店も負けてないっていうか、ちゃんとおいしい自信あるけど、でもこれは、ガチでおいしい」

　まだ熱いだろうに、舞香はコーヒーをごくごく飲み干していく。

「舞香さん、本当にコーヒーが好きなんだね」

「こんなキャラでコーヒーのおいしさなんてわかるわけないと思ってた？　きみ、ほんと失礼だね」

「そこまでは言ってない」

　舞香はけたけた笑いながら、

「いいって、気ぃ遣わなくても。実際、ウチもいまの店で働き始めたのは、家から近かったとか、マスターがチャラくて接しやすそうとか、その程度の理由だから。けど、マスターからいろいろ教わってるうちに、ハマっちゃったんだよね」

「わかる。僕は初めのうちは独学で、そのあと専門学校で学んだクチだけど、知れば知るほど好きになっていくんだよね」

「みんなコーヒー飲むわりに、多くの人が詳しく知ろうとしないじゃん。知ったら自分の好きなコーヒーが毎日でも飲めるようになるのに、もったいないなって思っちゃう。意味わかんなくない？　自分が好きなものなのに、何も知らないで飲んでるなんてさ」

「同感。メジャーな豆の産地の特性と、焙煎の度合いや淹れ方の違いを最低限学ぶだけでも、すごく豊かになるんだけどな。カフェオレとカフェラテの違いさえ、知らない人は少なくない」

「器具だって、ミルを買って豆を自分で挽くようにするだけでも、段違いにおいしくなるよね。ま、楽しみ方は人それぞれだけどさ」

　気がつくと、僕も舞香も口調に熱がこもっていた。好きなものの話をするのは、やっぱり楽しい。それは当たり前のことのようだけれど、相手も同じ熱量を持ってくれているシチュエーションは貴重だ。僕は舞香との会話を、心から楽しんでいた。

「舞香さんは、いいマスターにめぐり会えたんだね」

「そうだね。あの人、チャラいけどコーヒーにかける情熱は本物だから。その点ではリスペクトしてる」

　だからね、と語る舞香の瞳には、初めて見る真剣さが宿っていた。

「妨害行為が発覚したとき、ほかの人はわからないけど、うちのマスターだけは絶対犯人じゃないって信じられたんだよね。あんな妨害なんかのおかげで一位になったって、何もうれしくないと思うから」

さっき、舞香は足伊豆に対して恋愛感情はないと明言した。けれど、いやだからこそと言うべきか、彼女が足伊豆を純粋に慕っていることが伝わってきた。

「僕も、美星さんは犯人じゃないって確信してるよ」

「そうだよね。あーあ、石井さんが犯人なら丸く収まりそうなのになぁ」

「こら。そういう言い方は――」

そのときだ。

一瞬、僕は何が起きたのか理解できなかった。ただこの鼻を再度くすぐった、フローラルな香りだけをかろうじて認識していた。

僕は自分の右肩を見る。

そこに、舞香の頭が載っていた。フローラルな香りは、鮮やかな金色に染まった彼女の髪から漂っている。

「……舞香さん？」

コーヒーを飲んだばかりの喉が、一気に渇いていくのを感じる。

舞香の発した声は、さっき住宅街で騒いでいたのと同一人物とは思えないくらい、か細かった。

「やば。そんなつもりじゃ全然なかったけど、きみのこと、ちょっと好きになってきたかも」

　待て待て待て。心拍数が急上昇する。

「ど、どうしたの急に」

「なんか、違うところは違うってはっきり言ってくれるところとか、人を許すことについてちゃんと考えてるところとか、コーヒーが好きなところとか、めっちゃタイプじゃんって思い始めてる。ウチのまわりに、そんなまじめな話できる男なんていないし。それはウチの見た目とか、キャラ作りのせいもあるだろうけど」

　シャルルがにゃーんと鳴く。抗議だろうか？

「きみってもっと、ふにゃふにゃしてる男子だと思ってた。意外と男らしいんだね」

「男らしいっていうのも、時代錯誤じゃないかな……」

「茶化さないでよ。ウチ、けっこうマジで言ってんだけど」

　だとしたら、適当に受け流せば失礼にあたる。僕は彼女の肩に手を置いて頭を離し、ちゃんと目を合わせて言った。

「僕も、今日は楽しかったよ。でも、まだ知り合ったばかりだろう。自分の心のありようを、せっかちに決めたら後悔すると思うんだ」

舞香は二、三度まばたきをしたあとで、髪に指を差し込んでつぶやいた。

「……ごめん。悪酔いしちゃったみたい。お酒、そんなに強くないんだ」

それは、ここへ歩いてくるまでの姿を見ていればわかる。僕がバーを指定したから、無理して飲んでくれたのかもしれない。

「お水、飲む？」

「ありがと。あと、体が熱いから中のシャツ脱ぎたい。どっか行っててくんない？」

さすがにドキリとしたが、彼女はゆったりとした厚手のニットを着ているので、その下に着ている白いシャツを脱いでも目立ちはしないだろう。やめろと言って、かえって意識しすぎているように思われても困る。

僕は水を注いだコップを舞香の前に置き、控え室に引っ込んだ。スマートフォンをカウンターに忘れてきてしまったので、腕時計を見ながら五分が経過するのを待つ。

まだ、舞香からは何も言ってこない。

「……もういいかい？」

かくれんぼの様相を呈してきた。反応はない。

さらに五分が経過したところで、不安になってきた。ないとは思うが、万が一意識を失うなどしていてもいけない。

「もういいかい？　もういいね？　開けるよ？」

あまり意味がないことを承知のうえで、それでも確認はしたのだからと自分に言い聞かせ、僕は控え室のドアをゆっくり開く。ドアの隙間から外をのぞき、服を脱いでいる最中の舞香が見当たらないことを確かめてから、フロアに戻った。

あらためて、店内を見回す。

舞香はどこにもいなかった。トイレは空だし、カウンターにあるコップの水も飲まれていない。彼女が椅子の背にかけていた、星型のスタッズのついたショルダーバッグはなくなっていた。

「……どこ行った？」

シャルルに問うが、答えてくれるわけもなく。

思い立って、スマホを手に取る。果たしてラインラインに、舞香からのメッセージが届いていた。

〈コーヒーごちそうさまでした。また明日ね！〉

扉の鐘を鳴らさぬよう、手で押さえながら外に出たのだろうか。

狐（きつね）につままれた心地で、僕は使用した食器類を元どおりにする。そして扉に外から鍵をかけ、タレーランをあとにした。

第三章

祭りは崩壊する

1

「……ゆうべ、一晩考えたんですけど」

僕が言うと、美星さんはドリッパーにお湯を注ぎながら、きょとんとした顔をこちらに向けた。

「何をです」

「KBCの件、やっぱり中田さんには伝えたほうがいいんじゃないかと思って」

第一回京都コーヒーフェスティバルは、二日めも晴天に恵まれた。ここまでくると、てるてる坊主の効能を信じたくもなってくる。まだ午前中にもかかわらず、岡崎公園にはイベントの存在を遅れて知ったのか、あるいは日曜日のほうが都合のつく人が多かったのか、前日をしのぐ大勢の客が詰めかけていた。京都珈琲商店街の件といい、この街におけるコーヒーの人気ぶりがうかがい知れるようだ。

初日より遅い一〇時に会場入りした僕と美星さんは、前日の経験と反省を踏まえつつ、効率よく準備を済ませた。顔合わせはもう不要のため、今朝は招集もされない。人出から察するに、今日もイベント開始直後にはべらぼうに忙しくなることが予想され、ブースは嵐の前の静けさといった様相だ。

そのタイミングで、僕は昨晩舞香に言われたことを美星さんに伝えた。むろん舞香と二人で会ったことも、タレーランに侵入したことも内緒なので、僕の考えとして話すしかなかったが。

「石井さんが妨害をはたらいたという根拠がないことはわかっています。でも、僕らはイベント前から石井さんを警戒しており、実際に妨害は発生しました。これは、予見しながら手をこまぬいていた僕らの非でもありますよね」

「そうですね……石井さんが犯人でなければ、私たちが責任を感じるいわれはないと思いますが。でも、妨害が起きる前提でより多くの関係者が警戒していれば、未然に防げたかもしれない点については同感です」

「そもそもこのイベント、企画の立ち上げ当初から石井さんが絡んでいたわけですから、僕らの把握している情報は中田さんに共有しておくべきだったと思います。遅きに失した感は否めませんが、まだ第二、第三の妨害が起きないと確定したわけじゃない。中田さんが妄信しているらしい石井さんに対する警戒を強めることは、さらなる妨害を防ぐために有用ではないかと」

美星さんは、ドリッパーに注いだ最後のお湯がサーバーに落ち切る寸前で、ドリッパーを持ち上げながらうなずいた。

「わかりました。では、伝達の役割はアオヤマさんにお願いしていいですか。私はコーヒーを淹れなければなりませんので」

「合点承知です」

答えたあとで、僕は隣のブースを見やる。

こちらのやりとりを知ってか知らでか、舞香はほかの誰も気がつかないほど素早い動作で、僕に向けてウインクをしてみせた。

タレーランのブースを抜け出して、中田を探す。彼女は南端の運営本部テントにいた。

テントの下では、今日も白いスタッフジャンパーの伊原と上原が、せっせとタンブラーを組み立てている。初日の開始直後の行列がよほどこたえたのか、長机に並んだタンブラーの数は昨日の比ではない。中田の説明にあったとおり、本日はカフェオレのような色をしていた。

「おはようございます」

声をかけると、中田はぺこりとお辞儀する。

「あ、タレーランさん！　本日もよろしくお願いします！」

だから、その言い方だと僕が伯爵ということに……まぁいいや。

「あっそうだ、各ブースに今日のぶんのタンブラーを配るのを忘れてた。それを受け取りにきたんですよね？」

その発言を聞いて、上原が慌てて両手にタンブラーを抱え、テントを離れていった。いまから配って回るのだろう。

「あ、いえ。ちょっとお話がありまして」

「何でしょうか」

中田のほかにも視線を感じて彼女の背後を見ると、伊原が眼鏡の奥の目を光らせ、興味津々に聞き耳を立てている。

中田と同じサクラチルのスタッフなのだから、聞かれてもかまわないのかもしれない。けれどもとりあえず、彼らにも知らせるか否かの判断は、責任者の中田に委ねることにした。

「えっと……ここじゃあれなんで、場所を移しましょう」

僕は中田を連れて、二条通のバス停のそばまで移動した。本当はもう少しひとけのないところで話がしたかったが、多忙な彼女をあまり長いあいだ拘束するわけにもいかない。ここなら少なくとも、イベント関係者には聞かれずに済むだろう。

「話というのは、石井さんのことなんですが……」

僕は中田に、石井との因縁をかいつまんで話した。

ひととおり聞き終えた中田は青ざめ、首を横に振った。

「そんな……信じられないです。わたしがイシ・コーヒーにかよい始めてもう一年半になりますけど、石井さんはいつも気さくで、コーヒーのことを真剣に考えていて……」

胸元に当てた両手の指先が、色をなくしていくのが見て取れる。

「中田さんは、もともとコーヒーにお詳しい方ですか？」

「いえ、決して。でも、石井さんの淹れるコーヒーがおいしいと思ったのは本当です」

「あなたの好みには合ったのでしょうね。でもKBCの出場者によれば、腕のなさをパフォーマンスでごまかしているという評価でした」

「そんなことありません。そりゃあ石井さん、キャラはちょっと気持ち悪いですけど――」

あ、気持ち悪いとは思ってたんだ。

「バリスタとしては一流です。そうじゃなきゃ、わたしだってかよったりしません。あんなに気持ち悪いのに」

中田は力説する。ちょっと言いすぎじゃない？　石井がかわいそうになってきた。

「ま、まぁバリスタとしての技量は棚に上げるとしても、彼が過去にいま言ったようなトラブルを起こしたことは事実なんです。今回のイベントにおいても、他店を妨害してチャンピオンになろうと彼が目論んだとしても、僕や美星さんは驚きません」

「でもわたし、出店を依頼する店舗さんを選出するにあたり、石井さんにもたくさん相談に乗ってもらいました。妨害しなければならないほど強力なライバルになることを恐れている店舗さんがあったのなら、最初から却下すればよかったのではないでしょうか？　実際にわたし、石井さんに薦めないと言われて、何店舗かお声がけするのをやめました」

僕は一瞬、言葉に詰まった。

「……あなたのおっしゃるとおりです」

「ですよね。石井さんが、イベントをめちゃくちゃにしてわたしを悲しませるようなことをするとは、どうしても思えないんです。そのくらい、よくしてくださってますから」

土俵際の力士が取り組み相手を押し返すように、僕の譲歩に力を得て劣勢を覆した中田を見つめながら、僕は昨日の星後の発言を思い出す。

――昔から何でも有言実行で目標を実現させてきた彼女を、私は尊敬してて。

うわべに表れる天然系の振る舞いの奥に、折れない意思の強さと賢さを秘めている。だから、イベントの責任者を任されるのだ。僕は中田朝子という女性の人物評を更新した。

「わかりました。石井さんが疑わしいと言った点は訂正します。僕は彼の過去に関する事実を伝えるにとどめますので、それを受けてどうされるかはご自身で判断してください」

「はい。イベントの成功のため、情報提供してくださったことには感謝いたします」

並んで歩くのも気まずかったので、うつむいている中田を残し、僕は一足先に立ち去ろうとする。ただそのとき、彼女の唇からこぼれた嘆きを、僕の聴覚はしっかりと聞き取った。

「はぁ、どうしてこんなことになっちゃったんだろ。ちゃんと昨日の朝、おまじないもかけたのに――」

一一時。第一回京都コーヒーフェスティバル、二日めがスタートした。

予想通り開幕早々に、前日と同じかそれ以上の客が押し寄せた。どのコーヒー店のブースにも、一〇人を軽く上回る列ができている。

心の準備ができていたので、忙しさにも動揺はしなかったが、それで仕事が楽になるわけではない。チケットとタンブラーを受け取って、コーヒーを注ぎ、渡して、また受け取って。しだいに笑顔も引きつってきたが、それでもメニューを一本に絞ったうちはまだマシなほうである。

そんな過酷な状況においても、思いがけない喜びはあった。開始から三〇分ほど過ぎたころ、列の中に見知った顔を見つけたのだ。

「晶子（しょうこ）さん！」

ブースの正面に立つ水山（みずやま）晶子はタンブラーと三〇〇円のチケットを差し出し、気まずそうに目を逸（そ）らしながら答えた。

「……どうも」

黒のワンピースをさらりと着こなす長身で、相変わらず僕に対しては愛想のかけらもない。出会ったころ長かった茶髪は、昨年の春にショートカットに変わった。気に入ったのか、あれからずっと短いままである。

京都市内の某企業に勤める晶子は、美星さんの学生時代からの親友で、タレーランの常連客でもある。過去にいろいろあった美星さんに対して保護者のような眼差しを注いでおり、その関連で僕のことをいまだに信用していない節がある。「水山嬢はやめて」と言われ、下の名前で呼ぶようになっただけでも、仲よくなったほうなのだ。

「晶ちゃん！　来てくれたんだ、ありがとう！」

僕らのやりとりに美星さんが気づき、作業を中断してこちらへやってくる。ちょうどドリップを終えたところだったのだろう、彼女の手には保温ポットが握られていた。

「ごめんねぇ。いつもお店で飲んでるものと同じコーヒーなのに、イベントにまで来てもらっちゃって」

「うぅん。どうせ、午前中は暇だったし。ほかのお店のコーヒーも飲んでみたかったから」

「お、もしかして、昼からはデート？」

「まぁ、そんなとこ」

「えっ、晶子さん彼氏できたんですか！」

割って入った僕に、晶子は牙をむき出しにした犬のような形相で、

「悪い？　別に、自慢とかじゃないから」

「そんな風に思ってませんけど……」

「いいからさっさとコーヒー注いでよ。後ろのお客さん、待たせてるでしょう」

確かにぺちゃくちゃしゃべっている場合ではない。タンブラーを開けると、使用前にグラスリンサーで洗ったのだろう、水滴がついていた。

「相変わらず、しっかりしてますね」

コーヒーを一〇〇ミリリットル注いで蓋を閉め、晶子に手渡しながら言う。何かしらの皮肉と受け取ったのか、晶子は僕の台詞(せりふ)を無視した。

代わりに美星さんが口を開く。

「ごめんね、ゆっくり話せなくて。楽しんでいって」

「うん。美星、がんばってね。あと、そっちの店員も」

そっちの店員……まぁ、応援してくれてるだけマシか。

晶子が手を振り、去っていく。ブース付近は混雑しているので、テーブル席が設けられた枝垂桜のほうへ移動したようだ。僕は次の客に「お待たせしてすみません」と詫び、どんどんコーヒーを注いでいった。すぐに保温ポットが空になったので、水でさっと洗って後方の長机に置き、先ほど美星さんが持ってきたポットで提供を再開する。

異変が起きたのは、それからおよそ一〇分後のことだった。

晶子がタンブラーを片手に戻ってきたのだ。いまだに長い列を見て、顔を曇らせている。

飲んだコーヒーがものすごくおいしければ、おかわりをする人もいるだろう。が、晶子はタレーランの常連で、うちのコーヒーは飲み慣れている。せっかくこんなイベントに来ておいて、おかわりまでするとは思えない。

晶子はブースに近づこうとしながらも、列の人たちの視線を感じてためらっている様子だ。僕は接客の合間に声をかけた。

「晶子さん、どうかしました？」

晶子は縮こまり、駆け寄ってくる。明らかに僕に対する気まずさだけではない、強張った表情をしていた。

「あのさ。このコーヒー、いつもと同じよね」

「えっと、そうなるように心がけてはいますけど」

「味がおかしい。飲んでみて」

僕は列の客に「少々お待ちください」と言い置いて、晶子のタンブラーを受け取る。

僕が口をつけるのもどうかと思い、美星さんに手渡した。

一口飲んで、美星さんは顔をしかめた。

「……何これ。苦い」

コーヒーが苦いのは当たり前だが、そういうことではないのだろう。

美星さんがタンブラーの蓋を開け、中身を確認してから僕にも差し出す。見た目は普通のコーヒーだ。香りもおかしくはない。

毒でも入っていたら、という考えが頭をよぎったのは、タンブラーの縁に口をつけてしまったあとだった。

これは美星さんが淹れるコーヒーの、あの理想的な苦みなどでは断じてない。

このコーヒーには、何かとてつもなく苦いものが混入されている――第二の妨害の被害者となったのは、われらが純喫茶タレーランだった。

2

タレーランのブースのバックヤードに、中田と各店舗のスタッフが集まってくる。

前回の話し合いとは、だいぶ顔ぶれが変わっていた。モンキーズカフェからは星後が、ロックオン・カフェからは青瓶が、椿カフェからは舞香が来ている。足伊豆は別として、前回の話し合いで石井と火花を散らした森場や錦戸は、この場に参加したくなかったのだろう。美星さんも居合わせるのは初めてなので、連続で参加したのは石井と僕と中田、それに太陽珈琲からやってきた堅蔵のみとなった。

「コーヒーが苦かったって？　ドリップに失敗しただけじゃないのか」

その堅蔵が食ってかかるところから、話し合いの火蓋は切られる。

「いいえ。私のバリスタとしての矜持(きょうじ)に誓って、これはコーヒーの苦みなどではありません。誰かがうちのコーヒーに、苦みのあるものを混入したのです」

美星さんは頑として言う。預かったままの晶子のタンブラーはいまも、ブース後方の長机の上に置かれている。被害者として気になるからだろう、晶子は輪から少し離れたところに立ち、話し合いの行く末を見守っていた。

「ふん。そこまで言うなら、味見をしてやろうじゃないか……」

「待ってください。万が一にも、毒物の類だったらいけません」

「あんたらもすでに飲んだんだろう。何ともなっとらん」

「即効性のある毒物とは限りませんから。もっとも、飲み物に毒物を混ぜれば確実に罪に問われるので、害のないものだろうとは思いますが」

「あのー」

そのとき、青瓶が手を挙げた。

「どうされましたか、青瓶さん」と中田。

「クーラーボックスの後ろに、何か落ちてますけど」

地面に置かれたクーラーボックスは大きく、その後ろはいまいるバックヤードやブース内からは死角になっている。近くにいた僕がそちらに回って、かがみ込んだ。落ちていた白いスプレーボトルを、ビニール手袋をはめたままの手で拾う。

「しつけ用スプレー……？」

僕がラベルに書いてある文字を読み上げると、星後が言った。

「ペットの噛み癖をやめさせるために、噛ませたくないものに吹きつけておく苦味剤ですね。うちも昔、犬飼ってたんで知ってます」

成分表示には〈リンゴ抽出苦味成分〉と書いてある。試しにスプレーをビニール手袋の上から手の甲に吹きつけ、舐めてみた。

「うっ……にっが」

美星さんが手を差し出したので、吹きつけて差し上げる。彼女は一舐めして顔をしかめ、言った。

「決まりですね。先ほどのコーヒーに感じた苦みと、同じです」

以前、僕らが巻き込まれた《事件》では、混入されたと思われた物質がダミーだったことがあった。今回はそうではなく、この苦味剤が混入されたと確定したわけだ。

「ペットが舐めてもいいものですから、害はなさそうですね。よかった……」

僕は胸を撫で下ろす。でなければ、晶子と美星さんと僕はそろって病院行きだった。

「ボトルの裏に何か書いてあるぞ」

石井に指差され、僕はボトルを回す。そこに前回と同じ筆跡で記された文字を、僕は読み上げた。


〈ポットを一つダメにした。これで貴店に票が入ることはないであろう〉


「そういうことか……」

美星さんがつぶやくのを、中田が聞きとがめる。「何ですか？」

「晶ちゃんが……私の友達だけが狙われたわけではなかったんだな、と思いまして。

だって、一人のコーヒーにのみ苦味剤を混ぜたのでは、妨害としては不充分じゃないですか。一票減るだけなのですから」

確かに。それが結果に影響を及ぼす可能性はきわめて小さく、妨害に及ぶリスクと釣り合っていない。

「でも、ポットのコーヒーに混ぜておいたのなら、そのポットから飲んだ人は全員、当店に投票しなくなります。どう考えても、おいしくないですからね」

タレーランでは酸化防止を兼ねて一度に一五杯ぶんをポットに入れていたので、最大で一五票を失うことになる。一五票の差は、順位を左右するだろう。

「でも、それだとおかしくないですか。被害を訴えてきたのは晶子さんだけですよ」

僕の指摘にも、美星さんは説明をつけてくれた。

「だからこその苦味剤だったのでしょう。コーヒーはもともと苦いものなので、飲んだ人はおいしくないと思うだけで、異物混入を疑いません。それでいて、確実に票を減らすことができる」

「晶子さんはタレーランのコーヒーの味を知っていたから、たまたま混入に気づくことができたわけですね」

僕は犯人のやり口に感心してしまった。一方で、石井は引っかかる点があるという。

「黙ってりゃ、妨害したことさえバレなかったかもしれないんだよな。なのになぜ、わざわざそんなスプレーと犯行声明文を残しておく必要があったんだよ」

「混入が発覚して騒ぎになった場合に、通報させないためではないでしょうか。毒物なら迷わず通報しますが、体に害のない成分とわかればためらう人は多いでしょうから」

現に、いまのところ誰からも通報しようという話は出ていない。

「ポット一つだけに苦味剤を混ぜたってのも、腑に落ちないな。どうせ妨害するなら、全部まとめてやっちまったほうが効果が大きくないか」

テーブルに四つ並んだ保温ポットを指し示しながら、石井はさらに言う。今度は僕が答えた。

「単純に、チャンスがなかったんじゃないですか。うちの店だけじゃなく、どこもスタッフがブースにつきっきりで、保温ポットに手を出すのは容易じゃなかったでしょうから」

イベントの性質上、今回はどのブースでもタレーランと似たような保温ポットを使用している。フレンチプレスのロックオン・カフェや、サイフォンのイシ・コーヒーですら、一度保温ポットに移し替えていたようだ。スタッフの目を盗んで蓋つきの保温ポットにスプレーの中身を混入するのは難しく、まして一つと複数では実行の難易度に大きく差が出るだろう。

ところがここにきて、美星さんが思いがけない発言をした。

「……犯人に、うちの保温ポットに苦味剤を混入するのは不可能でした」

「どういうこと?」石井が首をかしげる。

「私、今朝会場に到着してから、ずっとこのブース内にいました。昨日発生してしまった妨害行為を繰り返させないために、警戒していたんです。ですから犯人が誰であろうと、保温ポットに指一本触れる機会はなかったはずです」

「でも実際に、ポットには苦味剤が混入していたんだろ? ポットの中身、確かめたんじゃないのか」

「朝から行列で、一五杯ぶんのコーヒーを入れたポットはたちどころに空になっていました。そのたびに、アオヤマさんが水で軽くゆすいでこちらにポットを渡していましたので、混入が発覚した時点で、晶ちゃんに注いだのと同じコーヒーは残っていませんでした」

異存がないことを示すために、僕は首を縦に振る。

「その友達とやらが、あんたらの共犯だったという線はないのか。被害に遭ったことにすれば、ほかの店を妨害しても疑われんで済むだろう」

堅蔵はとんでもないことを言い出す。

「私が犯人なら、ポットから目を離さなかったなんて主張しません。現状、ポットに手を出せたのは、この会場で私だけという状況になっているのですよ」

美星さんの言うとおりだ。うちの店の自作自演なら、誰にでも混入は可能だったと証言するに決まっている。ついでに言えば、証拠になりうるポットを洗ったりしないだろうし、晶子を巻き込む必要もない。お客さんの反応が悪いから味見したらおかしかった、とでも言えばいい話だ。

「だけど、そうなると犯人は、いったいどうやってポットにスプレーの中身を混入したんだ？」

混乱する石井をよそに、僕の隣である人物が青ざめていた。

舌瀬舞香である。

どうしたんだろう、と考えかけて、はたと気づいた。

可能だったのだ——彼女にだけは。

なぜなら昨晩、彼女はタレーランの店内に足を踏み入れているのだから。

僕らタレーランのスタッフは昨晩のうちにポットを洗っておいたので、今日のイベント開始の前に、もう一度洗ったりはしていない。昨晩のうちにポットの中にスプレーを吹きつけておけば、それだけで妨害行為は成立した。洗ったポットは逆さにするなどして乾かしてあったはずだが、仮にそれが今朝、元どおりに置かれ蓋を閉められていたところで、僕も美星さんも自分以外のスタッフがやったとしか思わなかっただろう。

昨晩、僕は舞香に言われて一度、タレーランの控え室に引っ込んでいる。あのタイミングで、舞香ならポットの内側にスプレーを吹きつけることができた。彼女がいなくなったあとに蓋を閉められたポットが残されていたかどうかまでは記憶にない。しかし、舞香が犯人だとしたら、なぜ昨晩のうちにタレーランのポットに妨害工作をはたらいたのだろうか。

この点も、さしたる疑問にはならない。昨日の妨害によって警戒を強めているスタッフが多いなか、次なる妨害に及ぶには、仕込めるときに仕込んでおくに越したことはないからだ。昨晩のうちに済ませておいて、さもこの会場で混入がおこなわれたように見せかけるべく、スプレーを転がしておいた。そう考えると、突然僕を食事に誘い、タレーランへ行きたいと主張し、シャツを脱ぐなどと言って僕を移動させた不自然さにも説明がつく。

美星さんがポットから目を離さなかったと証言したのはたまたまで、犯人には予見できなかった。すべてのポットに細工ができたにもかかわらず一つに絞ったのも、四つとも手を出せば前の晩の犯行だと見抜かれるリスクが高まるからだろう。そして、タレーランは昨日の時点で椿カフェより上位であり、妨害に値する相手だ——何もかも、筋が通ってしまう。

まずいことになった。顔がゆがむのを自覚する。

タレーランのスタッフ以外で唯一、苦味剤を混入することができた容疑者として、舞香を告発するべきか。だがそうすると当然、閉店後のタレーランに僕が女性を連れ込んだことが発覚してしまう。やましいことをしていたわけではないものの、美星さんは快く思わないに決まっている。タレーランでは新人の僕が合い鍵を渡されているのも、信用されているからなのだ。ゆうべのことは、それを裏切る行動に相違ない。

では、黙っておくか。いや、本当に舞香が犯人ならば、僕は真相を知りながらイベントを混乱させた犯人を見逃すことになる。それどころか、舞香が犯行を認めたあかつきには、彼女をかばった僕まで苛烈な非難を浴びるだろう。

やはり、白状するしかない——そう、腹をくくったときだった。

「ぼく、犯人知ってます」

青瓶青年の衝撃発言に、場がざわついた。

「どういうことですか？」中田が問い質す。

「実は、みなさんに言わなきゃいけないことがあって。それで、店長じゃなくてぼくがこの場に来たんですけど」

「言わなきゃいけないこと、とは」

「ぼく、見ちゃったんですよね——」

こちらに向けられた双眸は、見たものを石に変えるメドゥーサのそれのようだった。

「ゆうべ、そこのお二人がタレーランに入っていくとこ」

血の気が引くとはこのことだ。動揺のあまり、僕は頭が真っ白になった。

とうてい信じられない。あの場面を、見られていた？

「ぼく、昨日のイベントが終わったあと、せっかくだからと思って、この会場の近くにある有名なバーに行ってみたんですよ。そしたら、そっちのお二人がやってきて。ぼくは彼らとは別のカウンター席にいたから、気づかれなかったみたいですけど。そんで、興味持ってあとをつけたら、お二人が仲よさそうに、町家と町家のあいだをくぐって消えたんです。調べたら、そこがタレーランの店舗でした」

「本当なんですか、アオヤマさん」

美星さんの表情は、僕に向けられたものとしては過去最大級に冷たい。

僕は、観念した。

「……はい。舞香さんと食事に行って、そのあとで彼女がタレーランのコーヒーを飲んでみたいと言ったので、連れていきました」

「マジかよ。やべぇなこいつ」

石井はなぜかうれしそうである。

「どうして黙っていたのです」

「従業員は、営業時間外の行動もすべて店長に報告しないといけませんか」

「そうではなくて。舞香さんにならポットにスプレーの中身を入れておくことが可能だったと知っていたのですよね」

「僕だって、たったいま思い至ったばかりなんです。美星さんみたいに賢くないんだから仕方ないでしょう。それで、言おうとしたところに先を越されました」

「言い訳にしか聞こえねぇな」

堅蔵がかぶりを振る。

「まあまあ。この人は、利用されただけですから。犯人である舞香さんに、ね」

青瓶の指摘で、一同の視線は舞香に集中した。

「ちょっと待ってよ。ウチ、そんなことやってない」

舞香は手を振って否認する。

「確かに彼と食事に行ったよ。タレーランにも入った。ウチから誘ったことも認めるけど、ポットになんて触ってない」

「証明できんのか。ずっとこいつと一緒にいて、触る機会がなかったとか」

石井は結論を急いでいるように見える。

「いや……舞香さんに言われて、僕は一〇分ほど席を外しています。その間に、彼女は店から出ていったようでした。ですから、彼女の潔白は証明できません」

「そんな……」

すがるような目を向けてくる舞香から、僕は思わず顔を背けてしまう。彼女を陥れたいわけではない。単に、事実を述べているだけなのだ。

「昨日の話し合いでは、西側ブースに犯人がいたってことになったんだよね？　ウチ、東側のブースにいたよ」

舞香の反論は、美星さんがすげなく切って捨てる。

「その件については、無傷のフィルターを表側に何枚か重ねることで開幕前に仕込んでおくことが可能だった、という結論が出ています」

「ウチ、昨日のイベントが終わって、会場から直接バーに向かってるんだよ。そんなスプレーなんて持ち歩いてるはずないじゃん」

「計画的犯行だったのなら、妨害のための道具を事前に準備しておいたとしても何ら不思議ではありません。スプレーを隠して持ち歩けるような荷物や服装じゃなかったというのなら、話は別ですが」

「舞香さんはショルダーバッグを持ってました。その大きさのスプレーなら、中に入ったと思います」

バッグについていた星型のスタッズを思い浮かべながら、僕は証言する。

「どう？　ほかに、反論はある？」

親切そうな笑みを浮かべている石井が不気味でならない。舞香が黙ってうつむいているのを見て、石井は拍手をしながら宣告した。

「はーい、この女が犯人で決定！　というわけで朝子ちゃん、椿カフェは失格でいいよね？」

「えっと……でも、ご本人が認めたわけではないですし……ただでさえ最小限の出店で催行しているので、これ以上店舗を減らすわけには……」

中田は当惑している。

「甘いこと言ってちゃだめだよ、朝子ちゃん。責任者でしょ？　ルール違反を犯した店には厳しく対処しないと、同じことが繰り返されちゃうよ」

「ＫＢＣみたいに、ね」

美星さんがぼそっと言い、石井は硬直している。顔を真っ赤にした舞香を、堅蔵が親の仇(かたき)とばかりににらみつけ、星後はひたすらおろおろしている。

収拾がつかなくなってきた話し合いを鎮めたのは、意想外の方向から飛んできた一言だった。

「全然いーっすよ、失格で」

隣のブースで営業を続けていた、椿カフェの足伊豆だった。この距離なら、話し合いは聞こえていただろう。

「本気ですか？　足伊豆さん」中田は心配そうにしている。

「だって、はなからチャンピオンとか興味なかったし。ちょっとは客が増えたらいいかなって、それだけっすから」

それに、と言って足伊豆は舞香のほうに目を動かす。

「普段のそいつ知ってたら、疑う気になんて絶対ならないっすよ。妨害してまでチャンピオンになりたいなんて考えるような、情熱的なやつじゃないんで。うちの店が失格になればみなさん納得するのなら、どうぞ。これ以上、舞香を責めるのだけは勘弁してください」

「マスター……」

こらえていたのだろう、舞香の両目から涙がこぼれた。

異論が出ないのを確かめてから、中田はしょんぼりして告げる。

「わかりました。証拠がない以上、仮処分にはなりますが、椿カフェさんは失格とみなし、椿カフェさんへの投票はすべて無効票といたします。ただし、より収益を上げるためにも、営業は続けていただきます。最後には、イベントは成功だったと言える形で終わりたいので」

これだけのことが起きたのに、成功というフレーズに固執する中田の態度が空しい。

話し合いは終了したと思いきや、最後にもう一つ、大きな爆弾が落とされた。

「アオヤマさん」

美星さんが、あらたまって言う。みなも注目している。

「何でしょうか」

「あなたは犯人に利用されたに過ぎなかったのかもしれません。それでも、店長である私やオーナーの信用を損ねる行動を取ったのは事実です。そんなことのために、私は合い鍵をお渡ししていたのではありません」

「……承知しています」

「タレーランを辞めてください」

一瞬、何を言われたのかわからなかった。

僕が、タレーランを辞める？

藻川氏の病気に際してみずから手助けを申し出、そのために五年間勤めたロックオン・カフェを辞めてまで、営業の継続に尽力してきたのに？

「何もそこまで……ウチのせいで、申し訳ないし」

「部外者が口をはさまないでください」

なだめようとした舞香を、美星さんはぴしゃりとはねつけた。

「うちのお店が大変な時期に力になってくださり、アオヤマさんには心から感謝しています。おかげさまで、おじちゃんももうずいぶん元気になり、以前と変わらぬペースでの出勤が可能になりました」

「そんな……要らなくなったら、捨てるんですか」

「こんなことでもなければお辞めいただくつもりはありませんでしたが、やむを得ません。今日のイベントはこれ以降、おじちゃんを呼び戻して手伝ってもらいます。丸二日間の立ち仕事は厳しいと考えての判断でしたが、気候もよいですし、半日程度なら差し障りないでしょう。問題ありませんよね、中田さん？」

「え……えぇ。お二人以内であれば、スタッフの交替は認められています」

「と、いうことですから。アオヤマさん、お疲れさまでした」

言いたいことは山ほどあった。しかしその一方で、心のどこかで僕は、いつかこうなることを覚悟していたのかもしれない。

たった半年、勤めただけだ。また以前のように、ただの客に戻るだけじゃないか。まぁ、元どおりかよい続けられる気はしないけれど。

「……わかりました。お世話になりました」

誰もが気遣わしげにしつつ、それぞれのブースへと散っていく。中田から替えのタンブラーを受け取った晶子も、逃げるようにほかの店のブースの列に並んでしまった。

3

「……私、許せません」

　まだ営業を中断中のタレーランのブースにて、帰るべく肩にかけたショルダーバッグに自分の荷物をまとめていたら、僕に背を向けてコーヒー豆を挽いていた美星さんがつぶやいた。

「僕がタレーランの店内に女性を連れ込んだことですか？　信じてもらえるかわかりませんけど、やましいことは何もないですよ」

　破れかぶれで口答えした僕に、美星さんはいけしゃあしゃあと言ってのける。

「でしょうね。私との仲を進展させるのにあれだけの時間を費やしたあなたが、女性と知り合ったその日に深い関係になるとは思えませんから」

　僕はガクッときながら、

「あれは、美星さんが過去にいろいろあったのを知ってたから、慎重になってただけで……」

「それはそれは、私のせいでご面倒をおかけしてしまってどうもすみません。てっきり、意気地がないだけかと」

当てこすりがひどい。元はと言えば全部あなたのせいでしょうが、と反論しそうになったものの、もうケンカするエネルギーも残っていなかった。

「許せないと言ったのは、アオヤマさんのことではありません」

こちらを向いた美星さんの表情からは、話し合いのときに見られた険が取れていた。

「お店を使われたことについてはいい気はしませんが、何もなかったと信じていますし、私だって営業時間外に友人を連れていったこともあります。そこまで責めるつもりはありません」

「はぁ……」とまどう僕。

「そうではなくて、うちのコーヒーにあんな苦味剤を混ぜて台なしにし、せっかく来てくれたお客さんにも不快な思いをさせた犯人が、私はどうしても許せないんです」

「それは、わかりますけど」

「ですから私、突き止めたいです。今回のイベントにおける、一連の妨害行為の真犯人を。舞香さんが犯人であるならば、彼女が言い逃れできないくらい明確な証拠を突きつけたいですし、濡れ衣なら真犯人を暴きたいです。これは、ＫＢＣにおける石井さんたちの不正を知りつつも秘匿した結果、警戒を怠らせて妨害を招いてしまった私たちの、責任を取るための闘いでもあります」

しかしながら、と美星さんは挽いた豆をフィルターに移す手を止めずに続ける。

「私は営業を続けなければならず、このブースを離れられません。まして他店のスタッフや中田さんたちと会話をする時間なんて作れない。そこで、アオヤマさんの出番なんです」

話が読めてきた。僕は言う。

「つまり、僕に情報収集をしろってことですか」

「関係者全員の前であれだけはっきりクビを宣告された以上、アオヤマさんがタレーランのブース付近にいづらいことは誰しも理解できるでしょう。かといって、ここまでイベントに関わっておいていまさら帰る気にもなれないから、会場をうろうろして、関係者とも話をしつつ、最終結果が出るのを待っている。アオヤマさんは、その役にうってつけなんです」

「わかりました。お任せください。必ずや、犯人を突き止めるに足るだけの情報をかき集めてみせます」

「期待してますよ」

美星さんが微笑(ほほえ)んだので、僕は胸を撫で下ろした。

「なんだ、本当にクビになったのかと思いましたよ。いやぁ、よかったよかった」

「何を言ってるんですか。クビは、クビですよ」

美星さんはまだ微笑んでいる。

「またまたぁ。そういう体で、ってことですよね。わかってますって」

「いいえ。クビはクビです」

………。

「あの、もう一度だけ確認していいですか。僕、クビ？」

「何度でもどうぞ。クビです」

「クビは、クビ」

「はい。クビは、クビ」

「なんで？　責めるつもりはないって言わはりましたやん」

「部外者をお店に入れたこと自体は、ね。でもその結果、舞香さんが犯人であるにせよそうでないにせよ、イベント関係者の混乱を招いたのは事実ですよね。あんな妨害行為もあったというのに、あまりにも軽率だったのでは？　その責任は、きちんと取るべきです」

「……返す言葉もございません」

まだにこにこしている美星さんを見て、僕は察する。

――この人、何だかんだ言いつつ結局、僕に対してめちゃくちゃ怒ってんな。

まったく、こういうタイプは怒らせると一番タチが悪い。一言「ムカつく」って言えば済む話なのに、ガチガチに理論武装して自身を正当化しながら、いかにして相手に最大のダメージを与えるかということに執念を燃やしている……いやまぁ、僕が悪いんだけどさ。

そっかー。僕、クビなのかぁ。

まぁ身から出た錆(さび)だし、しょうがない。新しい職場、探さないとなー。

……別に、泣いてなんかいない。

そのとき、美星さんから呼び出しを受けたのであろう藻川氏が、南の方角からぷらぷらとやってきた。すでに中田と接触したのか、パスケースを首から下げている。僕はまだ返上していないから、予備があったらしい。

「急に手伝えって、いったいどういうこっちゃ……あんた、なんで泣いてはるの」

「泣いてなんかいません！　あとはよろしくお願いします！」

僕は逆ギレすると、地面を強く踏んでショルダーバッグを揺らしながら、タレーランのブースを出ていった。

「ごめんねー。ウチのせいで、クビになっちゃうなんて……」

舞香は眉を八の字にして、本気で落ち込んでいるように見える。

昨日と同様、正午を回るといくらか客の数が落ち着いてきた。タレーランの隣、椿カフェのブースでは足伊豆がペーパードリップでコーヒーを淹れ、舞香がポットから客のタンブラーへとコーヒーを注いでいる。その仕事の合間を縫って、僕は彼女に声をかけたのだ。

「その件については気にしなくていいよ。誘いに乗ったのは僕の意思だから。舞香さんが本当に犯人だって言うのなら、話は別だけど」

「だから、違うって。きみもウチのこと疑ってるの？」

「主観でいいのなら、答えは否だ」

　迷いなく、そう言い切ることができた。

「一晩一緒に過ごしただけだけど、足伊豆さんも言っていたとおり、どうしてもきみの人物像が、妨害をしてまでチャンピオンになりたい犯人のイメージと重ならない。全部演技なのだとしたら、女優になれるよ」

「ふふ……まぁねー。ウチ、顔もかわいいし」

　彼女が笑顔になったので、ほっとした。

「もっとも、舞香さんは犯行が可能だったという点で、最有力容疑者であることに変わりはない。潔白を証明する手立てはないんだよね」

「残念ながらねー。いっそウチがシャツ脱ぐところ、きみが盗み見しててくれたらよかったんだけど」

「そ、そんなことはしない。どうせ、本当に脱いだわけじゃないんだろ」

慌てふためく僕を見て、舞香はニヤニヤしている。少しずつ、調子を取り戻してきたようだ。

「思ったのは、たとえ今朝、美星ちゃんがポットを見張ってなくて、誰にでも苦味剤を混入する機会があったとして、さ。それでもウチは、ゆうべタレーランに入って苦味剤をポットに仕込めたことを、少なくともきみには知られているわけだよね。もちろん、きみだってそんなことをべらべらしゃべりたくはないだろうけど、自分の店が被害に遭った以上、証言する可能性は高い。つまりこの展開は、避けられるものではなかったんだよ」

思いのほか理知的に話す彼女の言葉を、僕は真剣に吟味する。

「ウチが犯人だとしたら、そんなリスキーなことやると思う？　きみを誘って、お店に入れてもらって、控え室に引っ込ませる。そこまでの苦労をして、やっと苦味剤を仕込んだところで、混入が発覚したらいの一番に疑われるんだよ。だったらせめて黙ってりゃいいのに、わざわざ犯行声明文の書かれたスプレー転がしてアピールするなんて、やっぱおかしいよ」

「僕は、きみの言ってることは正しいと思う」

「でしょお。みんなの前で話せば、ウチが犯人じゃないってわかってもらえるかも……」

「でも、初めからそう主張するつもりで裏をかいたんじゃないか、というところまで疑われたら反論できないよね」

舞香はそれこそ苦味剤でも口にしたみたいにベロをうぇっと突き出し、

「そいつ、ひねくれすぎ」

「昨日今日の話し合いでわかったろう。少なくとも美星さんはそんな綻びを見逃す人じゃないし、石井さんだって弁が立つ。きみの潔白を信じてもらうには、絶対的な証拠を挙げるしかない。きみが犯人ではない、もしくは犯人がきみ以外の特定の人物でしかありえないという証拠を、ね」

「絶対ムリ。ウチ、バカだから」

そんなことは決してないというのが僕の見立てだが、

「美星さんも僕も、被害に遭った以上は犯人を突き止めたいと思ってる。舞香さんが犯人じゃないというのなら、知ってることや気づいたことがあれば何でも話してほしい。きみの濡れ衣を晴らすためにも」

「わかった。ありがとね、信じてくれて」

礼を言われる筋合いはない。僕らはただ、真実を明らかにしたいだけなのだから。

「というわけで……隣のブースから見て、何か変わったことはなかった？ 誰かがうちのポットに触ってた、とか」

　もっとも、そんなことがあればとっくに報告していたはずだ。舞香と足伊豆は異口同音に、

「何も見てないねぇ」

「オレもっすね。自分とこの営業でてんやわんやだったんで、ほかのブースにまで気を配る余裕はなかったし」

　とのことだった。

「スプレーについては？　いつごろからあそこにあったのか知りませんか」

スプレーはクーラーボックスの後ろ、椿カフェのブースがある側に転がっていた。しかしこれにも、二人はかぶりを振る。

「知らないなぁ」

「たとえばイベント開始前、準備の段階ですでにあったとか……」

「見覚えないし、見かけたとしても何とも思わなかっただろうから、なかったという保証もできないっすね」

　隣のブースでこれなのだ。先が思いやられる。本当に、犯人なんて突き止めることができるのだろうか。

　最後に、形式的な質問をぶつけてみた。

「誰が怪しいと思います？」

ちょうど抽出を終えた足伊豆は、太陽珈琲と同じハリオのV60ドリッパーを持ち上げながら、

「モンキーズカフェさんじゃないっすかね。オレら四位以下は順位すら知らされてないのに、妨害なんてやるだけ不毛っすよ。二位のモンキーズカフェさんなら、タレーランさんを引き離すことでロックオン・カフェさんとの一騎打ちに持ち込めるし」

一理あるなと思いつつ、僕は椿カフェのブースをあとにした。

4

「こんにちは！　純喫茶タレーランの店員くん。あぁいや、元、店員だったね。ごめんごめん。で、何か用？」

つくづくこの人は、嫌味を言わせたら天下一品だ。

イシ・コーヒーのバックヤードにて。石井は後ろに手を組んで、満面の笑みで僕を出迎える。接客は冴子に任せ、サイフォンでコーヒーを淹れる作業に専念しているようだ。

「昨日とずいぶん態度が違いますね」

「だってさぁ。きみってば、美星ちゃんという人がありながら、昨日知り合ったばか

りの女と二人きりでイチャイチャしてたっていうんだもんなぁ。しかも、よりにもよって美星ちゃんのお店で！」

そして石井は急に眼を細め、吐息がかかるほど顔をこちらに近づけて言う。

「そりゃあ同じ男として、するよねぇ。ケ・イ・ベ・ツ」

この腐れキノコが……僕はつい、この一〇年で一番の暴言を吐きそうになった。自分に非があるから、何とかこらえたけれど。

石井は取り澄まして続ける。

「でもね。おれは、きみに感謝もしてるんだ」

「感謝？」

「だって、きみのその伏見の水のようにとめどなく湧き出るスケベ心と、あの女の愚昧な行動のおかげで、犯人が特定できたんだからね。これでおれたちは心置きなく、残りのイベントに集中できるってもんだよ」

「じゃあ、石井さんは舞香さんが犯人だって、本気で思ってるんですね」

「当たり前だろ。オマエらスタッフを除けば、タレーランのポットに苦味剤を混入できたのはあの女ただ一人なんだから」

悔しいが、石井の言うとおりなのだ。しかも舞香が犯人でないとしたら、彼女が僕を誘ったのはまったくの偶然であり、犯人にとって利用できるようなものではなかった——。

待てよ。本当に、そうだろうか。

僕らがタレーランに入っていったのを、目撃した人物がいる。青瓶青年だ。

彼が、僕らをはめた可能性はないのか。舞香がタレーランを出ていくところを、僕は見ていない。すなわち僕が控え室にいるあいだ、タレーランのフロアは舞香が帰って以降、無人と化していた。もちろんそのとき、入り口の扉に鍵はかかっていなかった。近くにいたはずの青瓶青年にも、苦味剤の混入は可能だったのだ。

青瓶青年が犯人なら、近くにいたと証言して疑われるリスクより、舞香に罪をなすりつけられるメリットのほうを取るだろう。矛盾はしていない。彼もまた、有力な容疑者だ。

僕が考えをまとめている最中も、石井はしゃべり続ける。

「まったく騙(だま)されたよ。おれもさぁ、昨日の段階ではあの女が犯人だなんてこれっぽっちも疑ってなかったもん。何か頭の悪そうなギャルだなー、くらいに思ってたよ。それがさぁ、簡単に引っかかりそうな男を見定めて、色仕掛けで苦味剤を仕込む機会を作って、他店を蹴落としてまでチャンピオンになろうとするなんてさぁ、ほんとびっくりだよね。青瓶くんがいなかったら、みんな騙されてたんじゃないの？　おれだって危うく、西側ブースに犯人はいる！　なんて言って、片棒担がされるところだったし」

「僕は、そのダミー推理も石井さんの作戦なんだと思ってました」

石井が固まる。「あ？」

「石井さんは他店を妨害してチャンピオンの座を狙うと同時に、ペーパーフィルターが交換されたタイミングを特定することで容疑を逃れようとしたんじゃないかって。その際に探偵役を担ってもらうために美星さんをイベントに参加させたけど、話し合いの場に美星さんが来なかったから、仕方なく自分でダミー推理を披露した」

「……その考え、美星ちゃんも支持したの？」

「はい。冴えてますね、と」

石井は深いため息をついた。

「あのさぁ。おれ、このイベントの件でさんざん朝子ちゃんの相談に乗ってあげたんだよ。チャンピオンになりたけりゃ、勝てそうにない店を誘致するわけないじゃん」

「中田さんもそうおっしゃってました」

「だろ？　おれってさぁ、本当に信用されてないんだな」

「それは自業自得でしょう」

「美星ちゃんはともかく、いまのオマエにだけは言われたくないね」

人差し指を鼻先に突きつけられ、僕は沈黙した。

「とにかく、おれは犯人じゃない。だいたい、KBCのときにあれだけ常人離れした頭脳を見せつけてきた美星ちゃんを、ダミー推理なんかに利用しようと思わねえよ。自滅じゃん」

「じゃあ、何でタレーランを推薦したんですか？」

僕にとっては何気ない質問のつもりだったのだが、反応は顕著だった。

「え、いや、それはその、なんていうか」

きっとそう遠くない将来、広辞苑で『しどろもどろ』と引いたら、彼のこの反応が例として挙げられるようになるだろう。

「そんなに難しい質問じゃないと思うんですけど。あんな実験で少量飲んだだけで、美星さんの淹れるコーヒーを気に入っただなんて、嘘ですよね？」

「べ……別にいいだろ、何だって！」

石井はわめく。怪しい。

束の間黙り込んだのち、石井はがっくりうなだれた。

「わかったよ。白状する。ほかにもう、当てがなかったんだ」

「当て？」

「実はKBCでの一件は、業界でもそこそこ噂になってて、ぶっちゃけおれ、あんまりよく思われてないんだよ。朝子ちゃんは知らなかったみたいだけど、うちの店が絡んでるってだけで辞退した店もあって」

まぁ、普通はそうだろう。監視のために参加するなどと言い出した美星さんが異端なのだ。

「一番当てにしてた冴子には、手伝いはしてもいいけど出店はしたくないって断られた。ＫＢＣに出場してたほかの連中には相手にもされなかった。だけど朝子ちゃんにお店の選定は任せろって見得を切った手前、もうタレーランを頼るしかなかったんだ。ほかの店と違って、ＫＢＣへの関わりはそれほど深くなかったからな」

第五回ＫＢＣ決勝に出場した六人のバリスタのうち、石井と冴子を含む四人は二度以上の決勝大会出場経験があり、一人は初出場だったものの兄が過去の大会に参戦していた。確かにあの中では美星さんがもっとも関わりが浅く、妨害の被害に遭ったわけでもないから、石井を恨む動機には乏しいと言える。

これも石井の出まかせかもしれない。だが、筋は通っている。それに目の前で恥ずかしそうにコーヒーを抽出する彼の、耳まで真っ赤になった様子は、演技だとしたら相当な技術を要するだろう。

「まぁ、いいでしょう。僕と美星さんは、二年前と同じように犯人を突き止めたいと考えています。石井さんが犯人でないのなら、協力してください」

「だーかーら、犯人はあのギャルで決まりだって」

誰が疑わしいと思うかを訊ねる手間が省けた。僕が西側のブースへ移動しようとすると、声をかけてくる者がいる。

「あのさ」

「何ですか。冴子さん」

冴子は客のタンブラーにコーヒーを注ぎながら、こちらに向かって言う。

「あんた、また女の子をかばったんだってね」

第五回ＫＢＣでも、そういうことがあった。そのときかばった相手は、冴子だったのだ。

「かばったわけじゃなくて……言おうとしたら、先を越されただけです」

「お人よしもほどほどにしときなよ。嫌なことは、ちゃんと嫌って言わないと。いい歳して、信念もない自己犠牲ばかり引き受けていてどうするの」

ドキリとする。この人、何か知ってるのか？　けれどすぐに、クビにされた話とつながっていることに思い至った。

「はぁ。情けない限りです」

「あたし、自分が人の言いなりになるのが絶対嫌だからさ。あんたみたいな人見てると……というより、あんたみたいな人を好き勝手に振り回してるやつ見ると、イライラするんだよね」

そういう彼女も、二年前は周囲を振り回した側だった。

「だからさ、困ったらあたしに言いなよ。うちの店で雇えるかはわかんないけど、働き口くらいは紹介してあげられると思うから」

そして冴子は接客に戻る。僕の姿なんて、もはや目に映ってすらいないかのように。

イシ・コーヒーのブースを離れつつ、僕は思う。

冴子は冴子なりに、この二年間、さまざまなことを考えながら過ごしてきたのだろう。

冴子にとっては、いつぞやの罪滅ぼしという気持ちもあったのかもしれない。それでも彼女に頼るのは、最終手段にしたい。

というわけで僕は、ロックオン・カフェのブースのバックヤードに回ると、かつての雇い主に頭を下げた。

「また雇ってください！」

「オマエ、ふざけんなよ」

森場は呆れ顔だ。抽出はフレンチプレスなので、ほかの淹れ方に比べると作業工程が少なく、ゆとりがありそうだ。

「いずれ独立したいって言うから雇ったのに、女に鼻の下伸ばして店辞めて、あげくクビになったから戻りたいだと？　プライドってもんがないのか」

「いやぁ、まさかこんなことになるとは……」

「だめだ、だめだ。うちでは雇わんぞ。新人も入れて、すでに人手はいっぱいなんだ」

「その新人が、一連の妨害の犯人だったとしても、ですか」

　森場の顔色が変わった。「何だと？」

　僕は先ほど、石井と話している際に思いついた青瓶犯人説を伝えた。当の青瓶青年は接客に忙しく、こちらの話を聞いている素振りはない。

「そもそも、彼はたまたまバーに居合わせてあとをつけたと話していましたが、その発言からして怪しいものです。初めから上位の店を陥れるつもりで、僕を尾行していたと考えたほうがつじつまが合う」

「うーむ……しかし、そんなにうまくいくか？　タレーランのフロアが無人になったのは、舌瀬舞香が犯人でなければただの成り行きだろう。青瓶には、そうなることは予測しようがなかった」

「ずっと様子をうかがっていた彼に訪れた千載一遇のチャンスが、舞香さんが店を出たあの瞬間だったんですよ。うまくいくかというより、結果的にうまくいっただけのことです」

「でも昨日も言ったとおり、うちの店は経営が順風満帆なのだから、妨害に及ぶ必要性に乏しいぞ。まして、昨日の投票で一位になってるんだからなおさらだ」

「彼も僕と同じように、森場さんを慕ってロックオン・カフェに入ったんですよね。だったら、師匠は決して誰にも負けてはならない、わけても元従業員のいる店舗には——そのために自分も一役買いたい、と思う気持ちは痛いほどわかりますよ。僕だって、森場さんの信者ですから」

実際は、僕は森場に対してそこまで盲信的ではなかったが、嘘も方便である。

「あいつ、そんなやつじゃないと思うがなぁ」

「少なくとも、バーで見かけた僕らを尾行するような青年であることは、疑いの余地もありませんよね。一緒に働いたわけじゃないから僕にはわからないけど、まだロックオン・カフェで働き始めて半年に満たないわけですし、得体の知れない側面があることは否定できないでしょう」

森場はなおも納得しがたいようで、

「青瓶に犯行が可能だった点は認めざるを得ないが……どうも、牽強付会という気がしてならない。証拠はないんだろ？」

「はい。何せ、さっきたどり着いたばかりの仮説ですので」

「あいつがオマエらをはめたんだとしたら、やっぱりいい気はしないから、辞めてもらうことになるかもしれん。そのときはオマエを雇い戻してもいいが、いずれにしてもイベントが終わるまで結論は出せないな。この話は保留だ」

「検討していただけるだけで御の字です」

去り際に、僕は接客を続ける青瓶を見やる。彼は如才なくチケットを受け取り、タンブラーにコーヒーを注いでいる。本当に犯人ならば、大した器だ。

直接対決は、手札がそろってからにしたい。でないと詰め切れないあいだに、証拠を隠滅されるおそれがある。僕はバックヤードのほうから、隣のブースへ移動した。

5

「どうも、お疲れ様です」

僕がへらへらしながら近づいていくと、モンキーズカフェの錦戸は憐れむような顔になって言う。

「このたびは、大変でしたね」

僕の浮ついた行動が原因であるにもかかわらず、同情してくれている。この人は、いい人だ。どうか犯人であってほしくないな、と思った。

「クビになっちゃいました。それもこれも犯人のせいなので、捕まえてとっちめてやりたいと思い、情報収集をしているところです」

「僕らでお役に立てることがあれば何でも言ってください」

マジで誠実だ。一周回って、犯人じゃないかと疑いたくなってくるほどに。

ブース後方の長机にて、錦戸も太陽珈琲や椿カフェと同じく、ハリオのV60でドリップしている。イベントに出店した六店舗中、半分の三店舗がペーパードリップを採用し、そのすべてでV60を使用していることになる。V60の評価の高さがうかがえる。

「ただ現状、僕らは被害を受けていないですし、お話しできることは少ないかもしれませんが……」

「とはいえ、昨日の時点で二位ですからね。犯人がこの先も妨害に及ぶとすれば、狙われるおそれは大きい」

「どうなんでしょう。三店舗も蹴落としてチャンピオンになったところで、怪しまれるだけだと思うのですが」

青瓶犯人説は、ここでは伏せておく。ロックオン・カフェの一位を確実にするために、僅差の二位と三位を妨害する。それでも初日の時点で一位だったうえに、もともと人気店でもあるから、疑いの目は向きづらい。考えれば考えるほど、彼が怪しく思えてくる。

「犯人にも考えがあるのでしょう。とにかく、気をつけていただくに越したことはありません」

「わかりました。まったく、一難去ってまた一難ですね」

「と、言うと……」

錦戸は苦笑いを浮かべている。

「石井さんですよ。昨日の話し合いで、うちとロックオン・カフェが怪しい、なんて言ってたじゃないですか。あれに僕、ついカチンときちゃって。僕も望も、中田さんが企画したこのイベントを盛り上げるために、どれだけの時間をかけて準備してきたと思ってるんだよ——って」

だから切間さんが疑いを晴らしてくれて助かりました、と錦戸は言う。美星さんは西側ブースのスタッフ以外にも犯行が可能だったことを示しただけで、錦戸の疑いが晴れたわけでは決してないのだが、まぁいいだろう。

「それで、さっきの話し合いにはいらっしゃらなかったんですね」

「ええ、まぁ、おおむね図星です」

錦戸はばつが悪そうに、手元のサーバーへと視線を移す。

「昨日の話し合いから戻ってきた僕が、よっぽどピリピリしているように見えたんでしょうね。第二の妨害が発生したことを中田さんが知らせに来たとき、望が『今度は私が行くよ』って——」

「あつっ！」

突如、錦戸の背後から叫び声と大きな金属音が聞こえて、僕らはそちらを向いた。

星後が、右手の指先を左手で押さえ、シンクのあたりを見つめながら呆然としている。肩のあたりが、小刻みに震えていた。

「どうした、望！」

錦戸が星後の肩に手を置くと、彼女はシンクを指差す。

「私、ミルクジャグを手に取って……触ったらすごく熱くて、びっくりしてシンクのほうに投げちゃったの……」

「ミルクジャグが？　でも、今日はミルクを熱したりしてないだろう」

「わかってる！　だから、まさか熱いとは思わなくて……」

僕はシンクのほうに近寄る。

シンクには、水を張ったボウルがある。ポリタンクの蛇口からはゆっくりとしか水が出ないので、先に溜めておいてそこに浸けることで器具を洗浄しているのだろう。

そのボウルの水に、ミルクジャグが漬かっているのが見えた。僕は言う。

「触ってもいいですか。どっちにしろ、もう熱くはないはずだ」

「かまいません」

錦戸に許しを得て、僕はまだビニール手袋をはめたままの右手をボウルに突っ込む。

ミルクジャグを持ち上げ、中に溜まっていた水をシンクに捨てる。すぐに、奇妙なものが入っているのがわかった。

「何でしょう、これ」

僕はジャグを逆さにし、その物体を手のひらの上に取り出す。

それは、黒くて滑らかな、大きさ五センチほどの石だった。

錦戸がはっとする。

「それって、焼き石じゃないですか」

「焼き石？」

「石焼き芋やアウトドアの調理などに用いる石ですよ。鍋なんかで火にかけると、かなりの長時間、高温状態を保てるはずです」

「なるほど……そんなものが中に入っていたのなら、ステンレスのミルクジャグの表面は熱くなるはずですね」

「望、指、見せてみろ」

錦戸に言われ、星後はこわごわ指を差し出す。

そのさまを見て、僕は絶句した。

星後の右手の人差し指と中指には、くっきりと火傷ができていた。

僕は今一度、石をあらためる。表面積が小さいからだろう、裏側に白いペンで小さく、一言だけ記されていた。

〈ジャマをするな〉

早くも第三の妨害が実行されてしまった――スタッフに火傷を負わせて営業に支障をきたすという、最悪の方法で。

「警察に通報しましょう」

三回めの話し合いの始まりを告げた、中田の第一声がそれだった。

妨害発覚から一〇分後には、各店のスタッフがモンキーズカフェのバックヤードに集まっていた。石井と堅蔵は皆勤賞、それに現場に居合わせた僕と、モンキーズカフェの両名。椿カフェからは、最有力容疑者の舞香が来るとややこしくなるからだろう、足伊豆が来ていた。ロックオン・カフェから森場が来たのも、青瓶への疑念を僕が吹き込んだからに違いない。タレーランからは、美星さんが抜ければブースが回らず、事情を把握していない藻川氏が来ても意味がなく、またほんの一時間ほど前までスタッフだった僕がここにいるというのもあり、誰も来ていなかった。

「これまでの妨害は、それ自体も許されることではないけれど、誰かに危害を加えるようなものではありませんでした。でも今回のは、度が過ぎています」

「同感だ。悪質すぎる」

錦戸は、憤怒に顔をゆがめている。僕を含むほかのスタッフたちもみな、通報はやむなしといった構えだ。もっとも、ここで反対すれば真っ先に疑われるだろうから、犯人も表立って反対はできまい。

「では、わたくしのほうから——」

すでに手にしていたスマートフォンを操作しようとした中田を、止める者があった。

「通報は、しなくていい」

被害に遭った張本人、星後望である。火傷を負った右手の指で、クーラーボックスに入っていた保冷剤を持ち、左手で中田の腕をつかんでいる。

「どうして？　望は犯人に火傷させられたんだよ。ほっとけないよ」

「いいの。朝子が一所懸命がんばって今日まで進めてきたイベントを、私のせいで失敗させるわけにはいかないから」

「こんなイベント、もうとっくに失敗だよ……」

責任者としては軽はずみな発言を、中田はこぼす。

「今回はだめでも、第二回がある。でも警察沙汰なんてことになれば、京都コーヒーフェスティバルは二度と開催できなくなると思う。朝子も責任を取らされる」

「それは、そうかもしれないけど」

「私があのミルクジャグを不用意に触らなければよかっただけ。こんな火傷くらい、すぐに治るよ。何ヶ月も前から準備してきて、あと五時間かそこらで、やっと終わるんだ。通報なんてしなくていいよ」

星後は必死で訴える。僕は昨日のイベント開幕前に、彼女から聞いた言葉の数々を思い返していた。

――同い年なのに、こんなイベントの責任者を務める朝子は本当にすごいです。昔から何でも有言実行で目標を実現させてきた彼女を、私は尊敬してて。

――朝子は本当に努力家なんです。とにかくバイタリティがすごくて。受験に失敗して落ち込む私を、どこにいたって友達だよってなぐさめてくれました。別々の学校にかようようになってからも、ずっと仲よくしてくれてます。

――ミスは誰にでもあるでしょう。すぐに非を認め、リカバリできるところが彼女は偉いんです。

友達であるという以上に、星後は中田のことを慕っているのだ。そんな中田がしくじるところを見たくない、しかも自分がそれに関与するのは耐えられないという気持ちは、いささか狂気じみてはいたが、理解できなくもなかった。

けれどもそんな主張に、ほかの関係者が耳を貸すはずもない。

「いい加減にしないか、望。通報は、ほかのスタッフが危険にさらされるのを防ぐためでもあるんだ。動揺するのはわかるけど、冷静になれ」

恋人の錦戸にたしなめられ、星後は泣き出してしまった。止める者がいなくなったところで、中田があらためて一同の意向を確認する。

「ほかに、通報に反対という方はいらっしゃいますか」

「反対ってわけじゃないけどさぁ」

そこで石井が放った言葉は、意表を衝いていた。

「通報しなくて済む方法なら、あるんじゃねぇの」

「えっ？　それは、どういう」

「簡単な話だよ──犯人、特定しちゃえばいいんだ」

一同があぜんとするも、石井は怯まない。

「いやおれもさ、いちスタッフに過ぎないとはいえ、朝子ちゃんからいろいろ相談受けて、企画段階からイベントに関わってきた人間だからさぁ。警察沙汰にまでなっちゃうと、ちょっとは責任感じるんだよねぇ。だって、犯人がいるお店を推薦したの、おれかもしれないんだもん」

「そんなこと、石井さんが気にされる必要はないですけど……」

中田は困惑している。

「はっきり言って、おれも悔しいんだよね。朝子ちゃんはいつもうちの店に来てくれる、大事な常連客だからさぁ。ここまでイベントをむちゃくちゃにされて、あげく警察まで呼んじゃったら、そっちの彼女の言うとおり、朝子ちゃんがあまりにかわいそうだよ」

「この期に及んで中田さんをかばってる場合か？　手ぬるい運営のせいで、望は火傷させられたんだぞ」

声を荒らげる錦戸に、石井はぐいと顔を近づける。

「だーかーら、最終的に通報するしかないってなったら、すりゃいい。けどその前に、まずは話し合ってみようってってんの。もしそこで犯人が特定できたら、通報まではしなくても済むだろ。犯人を会場から追い出せば、これ以上の妨害も防げる。どう？」

石井の弁舌により、通報待ったなしと思われた場の空気が、いくらか変わってきた。本心では、誰しも警察沙汰になんてしたくないのだ。

「そりゃあ、あんたの言うとおりになればそのほうがいいが……犯人の心当たりはあるのか」

訊ねた堅蔵に、石井は自信たっぷりに答えた。

「あるね。でなきゃ、こんな提案するわけないじゃーん！」

話し合いに参加している石井以外の七名が、そろって目を泳がせる。

石井はいまから、犯人を告発しようとしているのだ。

「あんた、またうちの舞香が犯人だったなんて言うわけじゃないっすよね。あいつ、前回の話し合い以降、ブースを一歩も離れなかったっすよ」

とっさに反発した足伊豆に、石井は白い目を向ける。

「それも含めて、話し合いで検証する必要があるんだろ。チャラ男は黙ってろ」

チャラ男呼ばわりの足伊豆は絶句している。

「とりあえず、妨害が起きた状況から詳しく聞かせてよ。おれたちまだ、何がどうなったのかもよくわかってないしさぁ」

石井に水を向けられ、星後は目元を拭ってから語り出す。

「うちのお店、カフェオレに使うミルクを四種類用意してまして。普通の牛乳と、ソイミルク、オーツミルク、アーモンドミルクです」

「うん。そんで？」

「コーヒーは保温ポットから注いで、ミルクは使い慣れているジャグで計って混ぜることになってたんですけど、このジャグはミルクごとに使い分けるため、四つ用意していたんです」

当然だろう。特にアーモンドミルクはアレルギー反応を起こすと大変危険なので、使い回しは絶対にNGだ。かといって、この手のイベントで客が来るたびにミルクジャグを洗う余裕があるはずもなく、ジャグはミルクの種類の数だけ用意するしかない。

「ジャグにはどのミルクに使っているかが一目でわかるよう、セロハンテープを貼った上からペンでミルクの種類を記入していました。それだけでなく、テーブルに並べる順番も固定していたんです」

星後が指差した長机の上を、僕らは見た。客の列ができる正面に、受け取ったチケットや釣り銭を入れる箱が置いてあり、僕らのいるバックヤード側から見て右手にミルクジャグが三つ並んでいる。一番内側のジャグには、カタカナで白く〈ミルク〉と記されていた。その右隣が黄緑で〈ソイミルク〉、一番外側がベージュで〈オーツミルク〉である。

「本当は、オーツミルクのジャグの隣に、アーモンドミルクのジャグも並んでいたんです。というのも、普段の営業時でもそうなんですが、この中だとアーモンドミルクが出る機会が一番少なくて……注文の多い順に、私の立ち位置の近くに並べてあったということです」

理に適っている。星後は続ける。

「火傷をしたのは、アーモンドミルクが注文されたときでした。ジャグがなぜかちょっと遠く、テーブルの端に置かれていたんです。おかしいなとは思ったけれど、深くは気に留めませんでした。並び順が変わっていたわけではないですし、遠いと言っても手を伸ばせば届く範囲でしたから」

だから、星後はためらいもなくミルクジャグをつかんだ。

「中に焼き石が入っているなんて、ちっとも気づかなくて……近くにあれば中の石が見えただろうから、犯人がわざと遠くに置いたんだと思います」

「なるほどね。で？　で？」

「熱いと感じた瞬間に、私はジャグをシンクのほうへ投げました。冷まさなきゃ、と思った結果でしょうけど、とっさの行動だったのでよく憶えていません。そのあとで、そちらのタレーランのスタッフ……元スタッフさんが、水を張ったボウルの中から石の入ったジャグを拾い上げてくれました。そこでようやく、自分の身に何が起きたのかを理解したんです」

こんなときに元をつけるかどうかで悩まないでほしかったが、それはさておき目撃者の立場から、星後の証言に疑問点はない。

「はい、どーもありがとうございましたー！　で、ほかのみんなはどう？　何か、気になることとある？」

「一つ、いいかな」

MCとして振る舞い始めた石井にうながされ、森場が質問を発する。

「話を聞くと、犯人がジャグに石を仕込める機会は限られてくるように思うんですが、モンキーズカフェのスタッフさんはその点についてどのようにお考えですか」

「んー、いい質問ですねぇ！　で、二人、どうなの」

石井は何年も前の流行語を絡めつつ、錦戸と星後にマイクを向ける素振りをする。

答えたのは、星後だった。

「先ほども説明したとおり、ミルクジャグはバックヤード側ではなく、ブースの正面側の長机に置かれていました。ジャグをちょっと移動させて石を入れるのなんて、ほんの一瞬で済みますよね。私も接客にいっぱいいっぱいで、そこまで注意を払えていませんでしたから、機会はいくらでもあったのではと……」

確かに妨害の対象物がバックヤード側にあったのか、ブースの正面側にあったのかは重要なポイントだ。関係者しか近寄れないバックヤード側と異なり、客が来る正面側は警戒するにも限界がある。たとえ接客のためにすぐそばに立っていたとしても、目を離した隙を狙われれば防ぐのは難しい。

「でも、犯人は西側にあるモンキーズカフェさんのブースに近づいたってことっすよね。なら、東側のブースにいたオレたちに犯行は無理だったたってことにならないすか」

舞香の容疑を解くためか、足伊豆が果敢に指摘する。けれども、西側ブースにいた森場は賛同しなかった。

「バックヤードに侵入する必要はなかったのだから、たとえば犯人はトイレに行って変装し、お客さんのふりをして会場へ戻ってきたのち、ジャグに石を入れることもできたでしょう」

「オレも舞香も、トイレになんて行ってないすけど……」

「そこまでいくと、身内をかばうためにいくらでも偽証できてしまいますね。誰だって自分の店から犯人を出したくはありませんから」

森場に言い負かされ、足伊豆は口をつぐんだ。

「ふーん。まぁいいや」

石井が先ほどまでとは打って変わって、醒めた反応を示す。彼にとって、望ましい流れではなかったということだろうか。

「焼き石が高温を保てる時間から、犯行がおこなわれたタイミングを絞り込めないでしょうか」

僕の提案は、錦戸によって一蹴される。

「キャンプで蒸し料理に大量の焼き石を使ったことがあります。だから一目で焼き石だとわかったんですが、その際使用後に石を冷ますのに、思った以上に時間がかかって困りました。三時間くらいかかったんじゃないかな」

「え。そんなに?」

「もちろん、今回は一個しかなかったわけですし、表面温度はもっと素早く下がるとは思いますが……五分や一〇分というような短時間でないことは確かです。犯行時刻を絞る役には立たないかと」

「冷めにくいということは、熱するにも時間がかかったということだろう。ライターで軽くあぶった程度じゃ済まん。犯人は、どうやって石を加熱したんだ？」

今度は堅蔵が疑問を呈し、星後によって説明がつけられる。

「どのブースにも、ガスコンロが置いてあります。コーヒーを淹れるお湯を沸かすのに、常に火がついているような状態でしたよね。そのコンロの口にでも石を置いておけば、熱するのに充分な時間を確保できたと思います」

「持ち運びはどうするんだ。そんなに熱いものを、おいそれとは持ち運べんぞ」

「ミトンを使うか、厚手の布にでもくるんで持ち運べばいいんじゃないでしょうか。難しいことではないかと……」

「はいはい、ストーップ！」

沸騰しかけた議論を、石井が大声でかき消した。

「ごちゃごちゃ言う前に、いったんおれの推理を聞けって。いま話に出たようなこと、全部すっきり解消してみせるから」

全部？　自信たっぷりの石井に、なぜだか嫌な予感がする。そもそも議論が起きたのは、石井が水を向けたからだというのに。

「簡単な話じゃん。三つの妨害、すべて実行できたのは誰なのかがわかれば、そいつが犯人なんだから」

「まぁ、そうですけど……」僕は首をかしげる。「第一の妨害は、ここにいる全員に可能だったことが証明されていますよ」

「第一の妨害は、な。だが第二の妨害はどうだ。ほとんどの人間に不可能だったから、舌瀬舞香が犯人として疑われた」

足伊豆はおもしろくなさそうにしている。

「しかし、だ。その結論に性急に飛びついた自身の過ちを、おれはここで懺悔しなくてはならない。なぜなら、ほかにも妨害を実行しえた人間がいたんだからな」

その言葉で、嫌な予感が加速する。

「その人物は、第二の妨害を自身の店に対しておこない、被害者として振る舞うことで、容疑から逃れようとした。考えてみれば、たった一つのポットの中に苦味剤が入っていたところで、失う票はポットの容量に鑑みて最大でも一五票だ。妨害がなくてもほかの店に投票する客がいることを考えれば、さらに少なくなる。明らかに、ペーパーフィルターに切れ目を入れられた太陽珈琲や、スタッフが火傷を負ったモンキーズカフェに比べて、被害が小さすぎる」

「ちょ、ちょっと待って」たまらず割って入ろうとするも、喉がカラカラでうまく声を張れない。

「しーかーも！　犯人はクビになったことを逆手に取り、第三の妨害の現場にまんまと居合わせた。焼き石を加熱する方法？　そんなの、ブースから離れさえすればいくらでも用意できる。石を運ぶ手段？　いまも犯人が肩にかけている、ショルダーバッグに入れて持ち運べばいい。どのくらい焼き石の熱がもつか？　関係ないね。だって犯人は妨害が発覚する直前に、加熱したばかりの石をジャグに入れることができたんだから！」

「違う、僕はバックヤード側にいたから、ミルクジャグになんて近づいてない……」

「さーらーに！　犯人には妨害に及ぶ動機もあった。そいつはスタッフになる前はその店の常連客で、現在そこの美人バリスタと交際している。自分の好きな人と店を勝たせたい、そのために他店を妨害しようというのは至ってわかりやすい動機だ。だから初日はとりあえず一店、妨害しやすそうな店舗を狙い、中間発表で三位につけたことを知ると、今度は二位の店舗をターゲットに選んだ。のみならず、先に自分の店が被害に遭ったと見せかけることで他店に疑いを向けさせるという、おそるべき用意周到さ！」

「クビになったのに、そのうえタレーランを勝たせるメリットは……」

「聞こえないなー！　クビになった程度で、二年以上前からかよい続ける喫茶店も、愛する美人バリスタも勝たせる理由がなくなるなんて、そんな空しい主張は全然聞こえなーい！」

僕は、油の切れたロボットのような動きで、一同を見回す。

そして、悟った。

この場に僕の味方はいない。錦戸も、星後も、堅蔵も、中田も。僕に引け目を感じている舞香の雇い主である足伊豆も。五年間勤務したカフェの店長、森場でさえも。

すべての瞳が、僕に刺すような眼差しを投げかけていた。

「と、いうわけで――」

突きつけられた石井の指先は、元マジシャンというだけあって、彫刻のように美しかった。

「犯人はオマエだ！　青野大和ぉぉぉぉ！」

もはや、言い逃れはできない――あらゆる状況が、僕が一連の妨害の真犯人であることを指し示していた。

第四章

祭りからの敗走

1

「イベントが終了する一八時まで、会場を出入り禁止といたします」

中田朝子に告げられ、僕はビニール手袋を外した両手をぐっと握り締めた。

「……わかりました」

岡崎公園の、第一回京都コーヒーフェスティバルが開催されているエリアを北に抜け、東西に走る道を渡った先が平安神宮の境内だ。応天門が正面に見える、玉砂利の敷かれた場所に立ち、僕は中田の下した処分を聞いていた。

石井春夫に一連の妨害行為の犯人として名指しされた僕は、即座に有効な反論を思いつくはずもなく、関係者の総意として出入り禁止となるのをあきらめの心境で受け入れた。火傷を負った星後の同僚であり恋人でもある錦戸に殴られるなどしなかっただけ、まだマシと言っていいだろう。

そうして僕は中田によって、平安神宮の前まで連行された。モンキーズカフェのバックヤードを出て北上したのは、南側より北側の出口のほうが近かったから、という単純明快な理由に過ぎない。見張りでもつけられるのかと思ったが、さすがにそこに割ける人員はないようだ。もっとも、これでまた会場に出入りすればますます疑いが強まるだけなので、僕もそんな反抗をするつもりはない。

　中田は後ろめたそうに、

「恨まないでください。わたしだって、あなたが犯人だと確信してるわけじゃないんです。でも、もう誰を信じたらいいか……」

「中田さんを責める気持ちはありませんよ。あの状況では、誰がどう見たって僕が犯人でしたから。恨むのは、犯人だけです」

「だとしても……」

　中田の言葉が途切れる。どうしたのだろうと思っていたら、彼女の両目から涙がぽろぽろとこぼれ始めた。

「だ、大丈夫ですか」

　泣きたいのはこっちのほうだ、とは言えない。

　中田は目元を手首のあたりで拭って、

「すみません。泣きたいのは、あなたのほうですよね」

　よくわかってるじゃないか。

「わたし、これまでにもいろんなイベントに携わってきました。たくさんミスをやらかしました、ここでは話せないようなことも。だけど、人為的ミスというのはどうしても、起きるときには起きるものです。それを踏まえたうえで、トラブルが発生したときに誠意ある対応をすれば、イベント自体が失敗に終わることはないと前向きに考えてきました」

「おっしゃるとおりだと思います」

「だけど今回は、いままでのトラブルとは明らかに性質が違います。イベントをめちゃくちゃにしてやろうという、犯人の悪意を感じるんです。こんなことは初めてで……わたしもう、どうしたらいいか……」

「あの、一応確認なんですけど、僕が犯人かもしれないってこと、わかって言ってます？」

中田はまだ目元を拭っている。

「どっちでもいいです。いま、わたしが弱音を吐きたいだけなんです。あなたが犯人なら、恨み節だと思ってください」

やけくそ、ってやつか。

「こんなことを言っても空しいでしょうが、起きたことは変えられない以上、トラブルをどう収拾するか検討したほうが建設的です。幸い、と言うと自虐が過ぎますが、僕が犯人として確定したことにより通報は避けられたのですから」

すると、中田は泣き笑いの表情を見せた。

「本当に、空しいことをおっしゃいますね」

「恐縮です」

「褒めてないですよぉ。けど、あなたを犯人だと思う気持ちが揺らぎました」

「優しい言葉をかけたから？」

「いいえ。犯人、すごく頭のいい人だと思うんです。あなたが犯人なら、もうちょっと気の利いたことを言ったんじゃないかって」

……僕ってさぁ、本当にさぁ、女の人になめられるよなぁ。親しみやすいのは長所かもしれないけどさぁ。

「でもでも、ちょっと元気が出ました。イベントは、終わっていないんですものね。わたしには、まだまだやるべきことが残されてる」

「その意気です」

「ありがとうございます。ここまではトラブル続きだったけど、終わりよければすべてよし、ですよね。わたし、がんばります。そんなにひどいイベントになるはずないんです。だって、おまじないもちゃんとかけたんだから――」

気合いを入れ直す中田の言葉を聞いていて、気になっていたことを思い出した。

「そのおまじないってやつ、ちょいちょい口にしますよね。そろそろ何のことだか教えてもらえませんか」

「それは――」中田は応天門のほうに目を逸らす。「ごめんなさい。恥ずかしいので、内緒です」

「恥ずかしいんだ」

「はい。まぁ、てるてる坊主と似たようなものです」

そうなると、本当にただのおまじないだ。あえて聞き出す意味もないだろう。

「では、わたしはこれで。一八時を過ぎたら、会場に戻られても結構ですので。結果発表くらいはご覧になりたいでしょうし」

「お気遣いどうも。運営、最後までがんばってください」

中田は一礼し、去っていく。入れ違いに、会場のほうから声が聞こえてきた。

「アオヤマさーん！」

美星バリスタが、駆け足で近づいてくる。こんなときに何だが、ぴょこぴょこ跳ねるさまが何ともかわいらしい。そのまま僕の真ん前まで来ると、ひざに手をついて呼吸を整え始めた。

「美星さん。ブース、脱け出して大丈夫なんですか？」

「はい。コーヒーをたっぷり淹れて、おじちゃんに任せてきました。一五分くらいはもつと思います」

顔を上げた美星さんは、いまにも泣き出しそうだった。

「大変なことになってしまいましたね」

「僕としたことが、犯人にはめられちゃいました」

「私が情報収集なんてお願いしたばっかりに、付け入る隙を与えてしまいましたね……ごめんなさい」

「別にいいですよ。第五回ＫＢＣのときだって、美星さんによって犯人に仕立て上げられたし」

「だから、あれは作戦のうちで」

美星さんはあたふたしている。その姿がユーモラスで、少し笑う余裕が出てきた。

「どういう成り行きで、アオヤマさんが犯人だと決まったんですか。私、椿カフェの足伊豆さんに結論だけ聞かされて、泡を食ってここまで来たんですが」

僕は話し合いの一部始終を語って聞かせる。人の会話を記憶するのが得意なのだ。

その内容に対して、美星さんの放った第一声は次のようなものだった。

「……アオヤマさん、本当に犯人じゃないんですよね？」

どんだけ信用ないんだ、僕は。

「あなたにだけは、信じてもらえると思ってました」

「冗談です。アオヤマさんがそんなことをしてまで私を勝たせようと考える人でないことは、よく知ってますから」

冗談だとしたら、本当におもしろくない。

「でも石井さんのおっしゃるように、三つの妨害をもっとも楽になしえたのがアオヤマさんであることは疑いありませんね。私が話し合いの場にいても、同じ結論を導き出していたかもしれません」

「美星さんにまでそう言われると、自信がなくなります。僕が二重人格で、自分でも気づかないうちに妨害に及んでいたんじゃないかと」

「そんな出来の悪いミステリみたいな真相、私は認めません」

おいうかつに敵を作るなよ、という誰かさんの声が聞こえる。

「アオヤマさんの仕業でも舞香さんの仕業でもないとすれば、どこかに犯人の罠（わな）があるはずです。不可能を可能にするような。あるいは、私たちの盲点を突いて罪をなすりつけるような。必ずや、私はそれを見破ってみせます」

「頼もしいです。どうか、僕の濡れ衣を晴らしてください」

美星さんはこくんとうなずいた。

「それで、先の情報収集についてですが、何か有益な証言は得られましたか」

その質問に、僕はタレーランのブースを離れてからの会話を順番に再現していく。

舞香に謝罪されたこと。石井に嫌みを言われたこと。青瓶が疑わしいと森場に報告したこと。そして、錦戸との会話の最中に、星後が叫び声を上げたこと。

美星さんは腕組みをして考え込む。

「現段階では、これという決め手はなさそうですね」

「同感です。でも僕、ここからは役に立ちそうもありませんよ。会場、出禁になっちゃったんで」

「うーん……私もおじちゃんも、ブースを離れられませんし……」

「当事者の晶子さんを呼び戻すとか？」

「だめですだめです」美星さんはものすごいスピードで手を振る。「晶ちゃん、デート中なんですよ。邪魔できません」

それは確かにだめだ。美星さんの親友とはいえ、単なるお客さんであり部外者に、そこまでの迷惑はかけられない。

数十秒が経ち、美星さんはあきらめたように息をついた。

「やっぱり、いまある情報から考えるしかなさそうですね。やれるだけ、やってみます」

「営業しながら、ですか？」

「ええ。忙しいことは忙しいですが、単純作業なので頭を働かせるくらいのゆとりはあります」

無謀な賭けだとも思われたが、美星さんの眼差しからは本気の度合いが伝わってくる。

「頼れるのは、もう美星さんの頭脳だけみたいですね。あっ、そうだ」

僕はショルダーバッグの中から、黒くてつやのある石を取り出して、美星さんの手のひらの上に載せた。

「これが、かの焼き石ですか？」

「はい。僕が犯人ならこの石の所有権は僕にあると訴えて、強引にもらってきました。よかったら使ってください」

「それはファインプレーでした。熱した石がすぐに冷めるようなら、犯行の機会はぐっとせばめられますね。ブースでお湯を沸かすついでに実験してみます」

「よろしくお願いします」

美星さんは腕時計を見た。

「私、そろそろ戻らないと。アオヤマさんは？」

「このまま帰るのも悔しいし、会場近くをぶらぶらしてます。一八時を過ぎたら、会場に戻ってもいいと言われているので、片づけと搬出は手伝えます……あ、僕もう従業員じゃないんだっけ」

「そう、ですね。手伝っていただくのは忍びなく……」

「いいですよ、今日くらいは。じゃ、もし何かわかったら連絡ください。僕からも、気づいたことや思い出したことがあればすぐに伝えます」

「あの、アオヤマさん……」

「はい？」

何度か逡巡したあとで、美星さんは言った。

「ごめんなさい、何でもありません。では、またのちほど」

彼女はいま、何を言おうとしたのだろう。

走り去っていく背中を、僕は空っぽのような気持ちで見送った。

2

ぶらぶらするとは言ったものの、何をして過ごそうか。

その気になれば、何時間でもぶらぶらできてしまうのが岡崎公園だ。美術館へ行くか、動物園へ行くか。少し足を延ばせば、うさぎで知られる岡崎神社もある。

迷ったけれど、まずは平安神宮に参拝することにした。考えてみれば、今回二日間にわたってお世話になる予定だったのに、まだご挨拶もしていない。京都にいると、何となくでもそういった礼儀は大事にするようになるものだ。

手水舎で手を洗い、応天門をくぐる。中は広々とした内庭になっており、右に結婚式場としても使われる神楽殿、左には講演などの会場になる額殿が見える。正面には威風堂々たる大極殿、さらに内拝殿と続いており、その奥が本殿だ。

内庭は龍尾壇と呼ばれる段差で南北に区切られており、北側のほうが少し高くなっている。僕はわずか数段の段差を上って北内庭に入ると、大極殿に向かって歩みを進めた。

京都には数多くの神社や名刹が存在しているが、平安神宮のスケールの大きさにはあらためて圧倒される。大極殿は緑釉瓦の屋根の両端にしゃちほこを載せ、朱塗りの柱が立ち並んで参拝客を迎え入れる。大きく左右に腕を伸ばしたような回廊の先には、右に蒼龍楼、左に白虎楼という名の楼閣が構えられており、荘厳だ。

大極殿の手前には、左右それぞれに一本ずつ樹木が植わっていた。左の木に近づくと、説明の書かれた看板が立てられている。〈右近の橘〉というそうだ。何でも平安時代以降、京都御所の内裏にある紫宸殿の近くに植えられた橘をそう呼ぶようになったとのこと。儀式の際に右近衛府の役人がこの木のそばに立っていたことがその由来だそうで、同様に反対側の木は〈左近の桜〉と呼ばれている。

現在でも京都御所の紫宸殿のそばには橘と桜の木がある一方、朝堂院を模して造られた平安神宮でも同じように木を植えたということのようだ。看板には橘が妙薬として古くから用いられた旨や、古今集の和歌〈さつき待つ花橘の香をかけば昔のひとの袖の香そする〉も記されていた。

軌道を修正し、大極殿のほうへ。階段を上がって内側まで入り、はるか高い天井を見上げながら賽銭箱の前に立つ。この奥の本殿に、かの桓武天皇が祀られているのだと考えると趣深い。週末で観光客が多く、のんびり参拝できる空気ではなかった。

お賽銭を投じ、二礼二拍手一礼した僕の頭に、まず浮かんだのは次のような願いごとだった。

――タレーランに復職できますように。

しかし、そこでふと思う。僕は本当に、そうなることを望んでいるのだろうか？

本日限りで無職となってしまったのだから、職を探さないといけないことは確かだ。その点、森場はロックオン・カフェに戻ることについて条件つきで返事を保留してくれているし、冴子も手を差し伸べる意思があると言った。むろん、僕が一連の妨害の真犯人だと思われたままではどちらも前言撤回だろうが、無実を証明できさえすれば、雇ってもらえる期待は持てる。

それよりも、もっと叶えてほしい願いがあるのではないか。とはいえ僕の後ろにはすでに参拝の列が伸びており、一から願い直す時間はない。

いったん賽銭箱から離れると、すぐ左側に社務所があった。ここでお守りなどを購入できるようだ。何気なくながめていて、あるものが目に入った。

――絵馬、あるじゃん。

お賽銭だけの願いごとより、ちゃんと絵馬に書いて託すほうが優先的に叶えてもらえるだろう。僕は社務所にいる巫女（みこ）さんに声をかけ、絵馬を買った。社務所の隣に、書くスペースがあるという。

言われたとおりに移動すると、黒の油性ペンが置かれたテーブルがあった。ペンを手に取った僕は、初めはストレートに願いごとを書こうとして、しかし万が一誰かに見られたら恥ずかしいという思いが勝り、最終的に次のような文言を記した。

〈何もかもが元どおりになりますように〉

これだけでは、何のこっちゃわからないだろう。でも、神様はきっと汲（く）み取ってくれる。

先ほど右近の橘に近づいたときには気づかなかったが、その裏が絵馬掛所になっていた。どこに掛けようか迷っているうちに、ほとんど無意識に、並んでいる絵馬の文字を目で追ってしまう。

〈大学合格〉

〈家族みんな健康でいられますように〉

〈嵐のコンサートのチケットお願いします！　絶対行きたい！〉

〈はむすたーかいたい〉

願いごとの種類も十人十色である。

読んでいくうちに、ある絵馬の上で目が留まった。

〈いまの彼氏と結婚できますように〉

願いごとは至って平凡である。平安神宮は神前式の結婚式が多く執り行われたことから、特に縁結びの神様として著名なので、そのご利益を期待しての願掛けだろう。

気になったのは、その下に書かれた、黒い長方形のようなものだった。

何だろう、と絵馬をちょっと持ち上げ、顔を近づける。丹念に塗り潰されていることを確かめたところで、察しがついた。

何のことはない。名前を書いたあとで、恥ずかしいとか誰にも知られたくないといった理由で塗り潰したのだ。僕だって、人に見られたら恥ずかしいから抽象的な文言にした。先にもっと具体的な願いごとを書いてしまっていたら、やはり名前だけでも塗り潰したかもしれない。

そう理解した直後、自分が他人の絵馬を手に取るという悪趣味な振る舞いに及んでいることを自覚し、慌てた。絵馬から手を離すと、僕が触っていたあたりが茶色く汚れている。指についていたコーヒー豆が付着してしまったようだ。

拭いたら落ちるだろうかと思いながら再度その絵馬を持ち上げたとき、下から出てきた別の絵馬を見て、僕の動きは止まった。

〈第一回京都コーヒーフェスティバルが無事成功しますように！　中田朝子〉

数十分前、おまじないについて訊ねたとき、応天門のほうに目を逸らした中田の姿を思い出す。

――恥ずかしいので、内緒です。

――まぁ、てるてる坊主と似たようなものです。

なぁんだ、と思う。

中田の口にするおまじないとは、絵馬のことだったのだ。

言われてみれば、神頼みである点ではてるてる坊主と似ている。ついでにぶら下げる点も共通している。

恥ずかしいのはおまじないそのものではなく、絵馬を見られたくないという意味だったのだ。僕や、名前を塗り潰したどこぞの誰かが、やっぱり恥ずかしいと感じたように。中田の絵馬に他人に見られたら恥ずかしい点など何一つなかったが、過去には恥ずかしいと感じるような願いごとも書いてきたのだろう。

――わたし、大事なときに人生がうまくいく、とっておきのおまじないを知っているので。

彼女は純粋に、絵馬の効験を信じてきたのかもしれない。しかしもちろん、絵馬に書いただけでありとあらゆる願いが叶うほどこの世は甘くない。思うに彼女は、願いごとを絵馬に書くことによって、それが現実になると信じて一心不乱に努力できたからこそ、すべての願いを叶えてきたのではないか。願いの実現を妨げるのは往々にして、自信のなさや根拠のない不安だったりするものだ。

であれば今回、イベントの成功を願うこの絵馬が効かなかったことは、彼女の今後の人生に少なからず影響を与えるかもしれない。せめて、一連の妨害の真犯人だけでも明らかになるといいが――。

そんなことを考えていたら、ポケットに入れていたスマートフォンが振動した。

ラインラインの音声通話の着信である。発信者の欄には、美星さんのアカウント名が表示されている。

僕は自分の絵馬を適当なところに掛け、少し離れてから通話に出た。

「はい」

『あっ、アオヤマさん？　いま、どこで何してますか』

「平安神宮の境内ですけど。中田さんの絵馬を偶然見つけて、人生がうまくいくおまじないって絵馬のことだったんだ、と腑に落ちたところです」

『よかった、まだ遠くに行ってなくて。ちょっと、確認したいことが出てきたんです。先ほど話をした場所まで戻ってきていただけますか』

「了解です」

どうしたんだろう。首をひねりつつ通話を切り、応天門をくぐって外に出る。ほどなく美星さんが、さっきと同じ動きでやってきた。

「アオヤマさーん！」

たどり着き、ひざに手をついて呼吸を整えている。

「……そんなに疲れるなら、走らなくてもいいのに。逃げたりしませんよ」

「いったん気になり出すと、いても立ってもいられなくて。さっき、手が空いた隙に売り上げを整理していたら、こんなものが」

そう言って美星さんが差し出したのは、一枚のドリンクチケットだった。

大きさは縦二センチ、横六センチほどで、三〇〇円ぶんであることを示す〈300〉の文字が黒く印刷されている。四辺のうち上の一辺だけに、ミシン目で切り取られた跡があった。

接客をしていた僕にとっては、さんざん見慣れたドリンクチケットだ。これが何か、と問おうとしたところで、美星さんがそれを裏返してみせた。裏には黒のボールペンで、次のような一言が書き込まれていた。

〈美星、がんばって！〉

「これは、晶ちゃんの筆跡です」

美星さんが説明する。

「でしょうね。僕が彼女からチケットを受け取ったときには気づきませんでしたが」

美星さんのことを呼び捨てにしつつ応援してくれるような客は、二日間を通じて水山晶子ただ一人しか訪れていない。運営本部テントでタンブラーとチケットを購入した際、テント横の投票箱に備えられたボールペンで書き込んだのだろう。

「でも、晶子さんのチケットを見つけたから何だって言うんです？」

「私、これを見て、あのときのアオヤマさんの発言が気になり出したんです」

そう前置きしてから、美星さんは「イエス」か「ノー」で答えられる簡単な質問を一つ、僕にした。

答えに迷ういとまもなかった。反射的に、僕は「イエス」の答えを返していた。

「別に、おかしなことは何もありませんよね」

「いいえ」美星さんは緊迫感のある面持ちで、かぶりを振った。「きわめて重要な証言です。思い出してください、彼女の行動を」

僕は言われたとおりにし、そこでようやく、自分が見た場面とのあいだに食い違いが生まれていることに思い至った。

「それじゃあ……まさか」

「これこそが、犯人の仕掛けた罠だったのだと思います。同時に、犯人を問い詰めるうえでの決定的な証拠を、私たちはすでにつかんでいるのだろう、と」

「だけど、まだ犯人が誰であるかはわかっていないんですよね。そもそも、こんなことをして何になるっていうんです？」

「そうですね……誰かに罪をなすりつけるための行動だとすれば、まだ理解できなくもないのですが。それでも、こんなに確実性の低いものでは――」

その刹那。

二日間を通じて穏やかだった岡崎公園に、北の方角から突如、一陣の風が吹きつけた。

なぜだか僕はそれを、神風かのように感じた。平安神宮の本殿のほうから、応天門をくぐって到達したから、そう思ったのかもしれない。平安神宮の神様が、右往左往する僕らを叱咤激励するために、吐息を吹きかけてくれたのではないか、と。

「……びっくりしましたね。何だったんだ、いまのは」

「アオヤマさん」

美星さんは、空中の何もない一点を見つめていた。

「私たちは、犯人によってとんでもない勘違いをさせられていたのかもしれません」

「と、言うと……」

決め台詞を期待した僕だったが、返ってきた一言はもう少し冷静なものだった。

「――会場へ戻りましょう」

3

「なーんでオマエが会場にいんだよ！　出禁になったはずだろ！」

僕と美星さんが京都コーヒーフェスティバル会場の北側入り口で中田と立ち話をしていると、わざわざブースを脱け出してきて絡んでくる者がある。石井春夫だ。

「その出入り禁止処分を解除していただくために、交渉している最中なのです」

美星さんが言うも、石井は退かない。

「何を言ってるんだよ美星ちゃん。そいつが犯人だって確定したんだから、出禁にするしかないだろ。身内をかばいたい気持ちはわかるけどさ、ここは冷静に――」

「静かにしてください！　いま中田さんとお話をしてるんです！」

美星さんに一喝され、石井はしゅんとなってしまった。

「す、すみませんでした……」

とまどう中田に向き直り、美星さんはあらためて告げる。

「もう一度言います。アオヤマさんは一連の妨害の犯人ではなく、結果的に濡れ衣を着せられただけの被害者です。私には、真犯人の目星がついています」

「はぁ……」

「いまここで犯人を指摘するのにやぶさかではありませんが、イベントをますます混乱させてしまうのも本意ではありません。よって一八時のイベント終了後に、関係者全員の前で、必ずや真犯人に罪を認めさせることをお約束します。そのために、確認しなければならないことがあるのです。ですから、代わりにアオヤマさんがブースに復帰することをお許しください」

「でも……クビにするっておっしゃったのは、切間さんですよね」

「労働基準法に、従業員を解雇する際には少なくとも三〇日前に予告をする必要があると定められています。今日の今日、クビにすることはできません」

あなた、情報収集のためとはいえ、さっき僕をクビにしてブースから追い出しましたよね？　とんだ二枚舌である。

「わたしの一存では決めかねます。ほかのブースのみなさんが納得されるとは思えません」

「では、こうしましょう。一八時まで、アオヤマさんはタレーランのブースを一歩も出ません」

美星さんは勝手に話を進めてしまう。僕、トイレも行けないの？　まだ三時間もあるんだけど……。

「それに加え、タレーランのブースのそばにいらっしゃいます警備員さんに、この人が犯人として疑われているので片時も目を離さないように、と指示してください。それならアオヤマさんは一切身動きが取れなくなります。状況に鑑み、犯人がさらなる妨害に及ぶおそれは小さいと考えられますが、万が一第四の妨害が起きた場合はどのみち、アオヤマさんが犯人ではないということになりますよね」

舞香が疑われた事例のように、事前に仕込んでいる可能性もあるのだから、美星さんのこれは強弁でしかなかったが、言うまでもなく当人も理解していただろう。

「でもでも、わたし、切間さんを信じていいかどうか——」

「いいよ」

突然、思わぬ方向から援護射撃が飛んできたので、僕は驚いた。

「美星ちゃんのこと、信じていいよ」

石井春夫である。

「なぜ、石井さんはそう思うんですか？」

中田の質問に、石井は頭をかきむしって答える。

「二年前の第五回ＫＢＣのときに、ちょっとした事件が起きてさ。些細な手掛かりをかき集め、正しく積み上げて、解決に導いたのが美星ちゃんだったんだ」

「それって、石井さんたちが悪さをした件ですかぁ？」

中田が間延びした声でつつくと、石井はうろたえた。

「な、なーんで知ってんの！」

「そちらの方から聞きました」

指を差された僕は、後ろを振り向く。ベタなごまかし方やめろ、と石井に呆れられた。

「ったく……まぁいい。あのときはかなりややこしい事態に陥ってたんだけど、それも含めて美星ちゃんは全部見抜いた。この子は本物だよ。だから、信じていいと思う」

「石井さん、ありがとうございます」

美星さんが慇懃にお辞儀すると、石井はちょっと照れくさそうに続けた。

「……本当は、今回の事件はおれが解決したかったんだけどさ。冴子や美星ちゃんたちを巻き込んだ責任があるから。それで、おれなりに必死で考えて、こいつが犯人だって確信したんだけど、美星ちゃんが違うって言うんならそうなんだろうな。だったら、情けない話だけど、もう美星ちゃんに頼るしかないよ」

そう語る石井をながめていて、僕は思う。彼、やっぱりこの二年間で変わったんだろうか。

「わかりました。石井さんがそこまで言うのであれば、わたしも切間さんを信じます」

中田が明言し、処分を解除してくれる。

「こちらの方の、ブースへの復帰を認めます。ほかのブースのみなさんには、わたしからご説明しておきます」

「そこなんですが……」美星さんは言いにくそうに、お願いをつけ加える。「私がイベント終了後に謎解きをすることは、まだ他店のスタッフのみなさんには内緒にしておいてくださいますか。というのも、確認しなければならないと申し上げたことの中身には、関係者への事情聴取も含まれますので。私が調べていると知ったら、犯人が口を閉ざしてしまうおそれがあります」

「えっ、でもでも、さすがにそこを説明することなく、みなさんにご理解いただくのは難しいかと……」

「そうですね。では、自店から妨害の犯人を出してしまった申し訳なさのあまり、気分が悪くなったので、私は少し休むと伝えていただけますか。アオヤマさんは警備員がつきっきりで見張ってると言えば、しぶしぶでも受け入れざるを得ないでしょう」

「それだと、事情聴取ができなくなるんじゃありませんか」

「一時間くらい経ってから、体調が回復したので各店舗にお詫びして回っているという体で、話を聞きに行きますよ。そうすれば疑われることもないでしょう」

「な、なるほど。それならうまくいきそうですねぇ」

こういうことに、瞬時に頭が回るのが美星さんのすごいところだ。中田も感心しすぎて呆けている。

「では、決まりですね。アオヤマさん、もともとイベントではコーヒーを淹れる役割ではなかったところ、これからの数時間はドリップに専念していただきます。大変申し訳ありませんが、くれぐれもタレーランのコーヒーをよろしくお願いします」

なぜか藻川氏が淹れるコーヒーはやたらとまずいから、そういう流れになる。僕は任せてください、と言って胸を叩いた——たとえこのあとクビになるとしても、僕が理想と認めたコーヒーをこの手で淹れてみせますよ。

話が終わると、美星さんは会場に背を向けて北の方角へと去っていった。僕は中田に付き添われ、タレーランのブースへと舞い戻る。

「ええ加減ポットのコーヒーもなくなるいうのに、何であんさんが戻ってくるんや」

抗議する藻川氏に、僕は言う。

「説明はあとです。ここからは僕がコーヒーを淹れますので、藻川さんは引き続き接客を頼みます！」

僕は水を入れたケトルを火にかけ、コーヒー豆を挽き始めた。

再びブースに立っているあいだは、それこそ尿意を忘れるくらい慌ただしかった。練習こそしていなかったけれど、僕は美星さんが大きなネルのドリッパーでいつもの味を再現するための訓練に、ずっと付き合っていた。抽出の際の注意事項は、おおむね頭に入っている。

最初のドリップは緊張したが、味見をしたところまずまずの出来だった。やっぱり美星さんの淹れるコーヒーにはやや劣るものの、専門家でなければ違いを見分けるのが難しいくらいのレベルには達していると思う。美星さんも、天国にいる藻川氏の奥さんも、これなら怒らずにいてくれるのではないか。

美星さんは律義に僕が渡した焼き石をガスコンロの火のそばに置いていたので、表面温度の実験は僕がおこなった。結論からいえば、かなりの長時間、高温を保ち続けることができるようだった。しっかり触ったわけではないし、温度計などもなかったから確実なことは言えないが、少なくとも加熱から三〇分程度なら触った者を火傷させられると思われた。

途中、気になってモンキーズカフェのほうを見たとき、星後はそれまでと変わらぬ様子で接客を続けていた。ビニール手袋の内側の指にはバンドエイドが巻かれているのが見て取れたが、すぐに冷やしたのが幸いしたのか、働けなくなるほどひどい火傷ではなかったようだ。せめてもの救いだ、と思った。

隣のブースの舞香からはちらちらと視線が飛んでくるのを感じたけれど、なるべく無視することに決めた。僕が犯人だった場合、彼女から見ると罪を着せるために店に招き入れた極悪人ということになる。もっともタレーランに行きたいと言い出したのは彼女のほうなので、僕に強い疑いを抱いているとは考えにくかったが、石井の唱えた推理に説得力があった以上、揺れてはいるだろう。そんな状況で言葉を交わしても、いい結果にならないことは見え透いていた。

一時間ほどが経過したところで、美星さんが会場に戻ってくるのが見えた。予告していたとおり、各ブースを回っている。近くのお店で仕入れた和菓子もセットのようだ。あそこまでされると、他店のスタッフも無下にはしづらいだろう。それに美星さんはもともと容姿や人当たりの面で、他人に警戒されにくいという特性を持っている。

結局、僕がトイレを我慢するのは二時間ほどで済んだ。美星さんが謝罪行脚に見せかけた聞き込みを終え、タレーランのブースに帰ってきたからだ。

「どうでしたか。首尾は」

美星さんはビニール手袋をはめながら、口の片側を持ち上げて言う。

「ばっちりです」

たくましい笑い方をするようになったなぁ、と感慨深い。

「では、新しい情報が入手できたんですね」

「アオヤマさんが知らない情報という意味なら、答えはノーですね。中田さんにもお伝えしたように、私は二時間前の時点ですでに真犯人の目星をつけており、その確認のために動き回っていたに過ぎませんので。鉛筆の下書きを上からペンでなぞるみたいに、自信が確信に変わっただけ、とでも言いましょうか」

「いつもながら、本当に頼りになります。どうか僕の濡れ衣を晴らしてください」

ブースには二人までしか入れない決まりなので、僕が手袋を外そうとすると、美星さんはポットを手に取り、中のコーヒーを味見用の小さなカップに入れて啜（すす）る。

そして、言った。「合格です」

恐れ入ります、と僕。

「かえすがえすも、アオヤマさんをクビにしなければならないのは残念です」

「だったら撤回すればいいじゃないですか。僕、犯人じゃなかったんだし」

「お忘れですか。あなたに辞めていただくことにしたのは、犯人だからではありません」

「はいはい、そーでした」

ふてくされていると、美星さんが悲しげに目を伏せた。

「ごめんなさい。いまの私には、こうすることしかできなかったんです」

そんな彼女を数秒間、じっと見つめたのち、僕はあきらめまじりの笑みを作った。

「わかってますよ。あなたはいつも、どうするのが最善か必死で考えて、全力で取り組んで、悩みに悩んで、やっとの思いで結論を出してる。あなたが僕を突き放すってことは、それ以外に選択肢がなかったんでしょう」

たぶん、美星さんの瞳は潤んでいただろう。でも、愁嘆場を演じている余裕などない。

「おい美星、さっさとコーヒーを淹れてもらえまへんか。もうポットが空になりそうなんや」

藻川氏の一言で、美星さんはわれに返ったみたいに機敏に動き出した。

「はーい、いまやります！」

——それでいい。あなたは、そのままでいてくれなきゃ困るんだ。

僕は念のため中田についてきてもらい、再び会場の外に出る。周辺をうろついているうちに、気がついたら一時間が経過していた。

一八時。

第一回京都コーヒーフェスティバルが、閉幕した。

4

「――ただいまより、第一回京都コーヒーフェスティバル、結果発表をおこないたいと思います！」

中田朝子が高らかに言うと、場に集まった関係者から拍手が起こった。ある者は手に持ったタンブラーを叩く形で音を鳴らし、また別の者はタンブラーをわきに抱えて手を打っている。

各自配布されたタンブラーを持参していたのは、イベントの締めにオリジナルグッズのタンブラーで乾杯をしたいという中田の意向が伝えられたからだ。大半が今日配布されたカフェオレ色のものを手にしているが、中には昨日の白いタンブラーを持っている者もいた。

集計の時間をはさんで一八時半、すでに陽が沈んであたりは暗い。会場からは人が引き、祭りのあとの静けさに包まれている。

中田からの招集を受け、初日の朝と同じくブースの中央に、コーヒーブースの関係者が勢ぞろいしていた。

ロックオン・カフェ。森場護、青瓶大介。

モンキーズカフェ。錦戸徹、星後望。

太陽珈琲。米田堅蔵、米田幸代。

イシ・コーヒー。石井春夫、黛冴子。

椿カフェ。足伊豆航、舌瀬舞香。

純喫茶タレーラン。切間美星、藻川又次、僕。

そして、中田朝子と、伊原・上原ペア。

これから語られる結果を楽しみに待っている、といった面持ちの者は一人もいない。誰もがやっと終わるという安堵と、妨害行為により二日間翻弄され続けたことに対する疲弊とがないまぜになった、複雑な表情をしていた。

昨日は三位だったわれらがタレーランも、もはやチャンピオンへの期待はなかった。妨害の被害に遭い、僕が戦力外通告されて体制が替わり、そのうえ僕は犯人扱いまで受ける羽目になり、最後には美星さんがブースを離れた。これだけの混乱を経て上位に入っても他店のスタッフはよく思わないだろうし、当事者の僕らも据わりが悪い。なお、フードブースの関係者はこの場に集められていなかった。表向きは結果発表とは無関係だから、と説明されていたが、実際はそのあとで起きることに巻き込まないためである。

中田が集計の紙を見て、読み上げる。

「それでは第三位から発表します！　第三位は……椿カフェさんです！」

昨日からのランクアップという結果に、小さなどよめきが起こった。椿カフェは舞香が犯人として疑われこそしたものの、妨害を受けていない。一時の失格処分にもめげず、地道に営業を続けた成果だろう。

「続いて、第二位は……ロックオン・カフェさんです！」

これには僕も驚いた。もともと有名店であるうえに、昨日の中間発表で一位を獲得しており、しかも妨害に遭っていないのだ。もはや一位は確実視されていただけに、チャンピオンの栄冠の行方が一気にわからなくなった。

僕は青瓶青年をちらりと見る。別段、悔しそうにしている風ではない。僕が唱えたような理由で彼が妨害をはたらいていたとしたら、ここで落ち着いていられるだろうか。あるいはそう装えることこそが、三度も妨害を実行するだけの胆力の表れなのかもしれないが。

「では、まいります」

中田が進行すると、さすがに空気が引き締まった。

「第一回京都コーヒーフェスティバル、栄えあるチャンピオンの座に輝いたのは——」

たっぷり間を取って、中田はその店名を告げた。

「モンキーズカフェさんです！　おめでとうございます！」

場にいる者たちから、割れんばかりの拍手が轟いた。

昨日から一つ順位を上げた形だ。カフェオレを売りにしてミルクの種類を取りそろえるという戦法は、現代人の嗜好にマッチしていたのだろう。星後が火傷を負いながらも、営業に支障がほとんど出なかったことも大きかったのかもしれない。

紆余曲折あったとはいえ、チャンピオンはチャンピオンだ。公園の街灯に照らされた錦戸の表情は晴れやかで、星後は信じられないというように口に手を当てている。

「それではモンキーズカフェさん、一言お願いします」

中田に水を向けられ、錦戸が一歩進んで語り出す。

「まずは、このような素敵なイベントを企画運営してくださり、僕らの店にチャンスをくださったサクラチルのみなさん、そしてともにイベントを盛り上げてくださったコーヒー店のスタッフのみなさん、本当にありがとうございました」

錦戸が言うのに合わせ、関係者はそろって頭を下げる。

「今回、このイベントに人気店や有名店が出店されるなか、僕らでいいんだろうかとか、本当にお客さんがうちのブースに来てくれるんだろうかとか、不安もいっぱいあったんですが、望と話し合って、僕らは僕らしく、いつもどおりやってみようじゃないかということで、カフェオレ専門店として勝負することに決めました。その結果、たくさんのお客さんにうちの店を支持していただき、普段から一所懸命やってきてよかった、その延長線上にチャンピオンの栄冠があったんだという思いを、いまあらためて強く噛みしめてます」

いいことを言うな、と思う。イベントだから特殊なことをやるのではなく、日々の積み重ねが大切なのだ。まわりを見渡しても、悔しそうに、あるいは恨めしそうにしている人はおらず、誰もが錦戸の言葉に感じ入っているように見える。

けれどもこの中に、他店を妨害してまでチャンピオンになりたかった真犯人がいるはずなのだ——その腹の中では、血が出るほど歯を食いしばっているのか、それとも呵々大笑しているのだろうか。

「この結果に慢心することなく、今後もよりよいカフェを目指して、精進してまいります。二日間、本当にありがとうございました」

錦戸の誠実さが伝わるスピーチに、拍手が贈られる。事前に知らされていなかったものの、副賞も用意されていたようで、伊原が箱に入った盾を錦戸に渡した。

簡単な表彰式が終わったところで、中田が締めにかかる。

「最後にわたくしからも、よろしいでしょうか」

何人かが、居住まいを正したのがわかった。

「まず、このたびはわたくしども運営の不手際により、参加されたみなさまに多大なご迷惑をおかけしましたこと、衷心よりお詫び申し上げます」

中田に続いて、伊原と上原も深く腰を折る。

「京都コーヒーフェスティバルはわたくしが立ち上げ、責任者に任命され、開催まで漕ぎつけたイベントでした。わたくしはコーヒーの専門家ではありませんが、出店してくださるみなさまが気持ちよく営業できるよう、精一杯考え、準備して、本番を迎えました。至らぬ点も多々あったかとは思いますが、振り返っても、本番まで自分なりによくがんばってきた、と感じております」

でも——と、中田は声を震わせる。

「まさか、本番でこのような悪意にさらされることになろうとは、想像だにしておりませんでした」

当然だ。

こんな展開になるなんて、誰に予想できただろうか。

僕と美星さんは、石井春夫に誘われたという一点のみから、トラブルが起きかねないことを憂慮した。それですら、万が一の事態と見ていたのだ。まして中田やほかの関係者に、今回のような妨害について想定し、予防策を講じることは不可能だった。

中田は涙をこぼしながら続ける。

「今回のイベントが成功に終わったなどとは、口が裂けても言えません。それでも、あきらめることなく最後までイベントを支えてくださった店舗スタッフのみなさまには、感謝してもしきれません。本当に、ありがとうございました」

　今度の拍手は、温かい、と表現してよいものだった。中田をはじめとするサクラチルのスタッフに落ち度がなかったとは思わない。けれど、彼女たちが真摯に取り組んでいたことを、僕らはちゃんと見て知っている。たくさん反省し、今後のイベント運営に活かしてほしい。それでも、ねぎらいくらいはかけてあげたいと、多くの関係者が感じている。

　中田は涙を拭って、背筋を伸ばす。

「会社の判断になりますので正式なことは申し上げかねますが、わたくしは今回立ち上げた京都コーヒーフェスティバルの灯を、今後も守り続けていきたいと考えております。そして、京都のコーヒー文化のますますの発展に尽力したいです。企画の段階ではずぶの素人の思いつきに過ぎませんでしたが、イベント本番を終えたいま、わたくしは使命感に燃えております」

　そして、中田は話を目的地へと向かわせた。

「そのために何よりもまず、今回のイベントで起きたトラブルは、今回のイベントの中で解決しておきたいのです。——というわけで、切間さん」

「はい」

　卒業式で名を呼ばれたときのように凛々しい、美星さんの返事が響き渡った。

「あとはよろしくお願いします」

そう言いおいて、中田が一歩下がる。代わりに美星さんが進み出た。

困惑する一同に、美星さんが告げる。

「結論から申し上げます。第一回京都コーヒーフェスティバルで発生した一連の妨害行為につきまして、真犯人を突き止めました」

「ど……どういうことですか？　そこの彼が犯人ってことで、決着がついたはずでは」

怪訝そうにする錦戸に、美星さんは毅然(きぜん)として言い放つ。

「アオヤマさんは、犯人ではありません」

関係者たちが、一瞬で恐慌に陥る。

その一人ひとりを見回すようにして、美星さんは宣言した。

「いまから私が、すべての謎を解き明かしてみせます——犯人は、この中にいる」

第五章

祭りを穢すもの

1

誰もがその顔に、動揺の色を浮かべていた。

「すべての謎を解き明かす、だって……？」

あぜんとする森場に向かって、美星さんはこくんとうなずいてみせた。

「騙してしまって申し訳なかったのですが、実は数時間前に私の具合が悪くなり、条件つきで彼のブースへの復帰を認めてもらったというのは真っ赤な嘘です。私は至って快調でした」

「なぜ、そんな嘘をついたの」幸代が首をかしげる。

「事件を解決するために、どうしてもブースを離れる必要があったからです。中田さんと交渉した結果、イベント終了後に関係者全員の前で謎解きする時間を設けていただければ、そこで真犯人に必ず罪を認めさせるという約束と引き換えに、彼とバトンタッチしました」

「みなさん、わたしの独断ですみませんでした。でも、わたしはどうしても、今回のトラブルを次回以降に持ち越したくなかった。そのためには、過去にも似たようなトラブルを解決した実績があるという、切間さんを頼るしかなかったのです。責任は、すべてわたしが負います」

中田が再び頭を下げる。石井がすかさずフォローに回った。

「いいじゃん、あとは美星ちゃんの話を聞くだけなんだから。犯人がわかれば儲けものだし、わかんなくても、ここまで来たら乗りかかった舟だろ。彼女を追及するのは、いったん話を聞いてからにしようぜ」

「まぁ、真犯人が明らかになることが何より大事ですからね」

森場が理解を示すと、もはや反対意見は上がらなかった。

「ありがとうございます。初めに、今回の一連の妨害のうち、特に太陽珈琲さんの件はブースのバックヤード側でおこなわれていることから、犯人がバックヤードに足を踏み入れているのは間違いありません。したがって、犯人はステージパスを持っている人物であり、この中にいるということになります——店ぐるみの犯行ならばパスの貸与も考えられましたが、その可能性はこれからの話の中で否定されます。この大前提をご理解ください」

さぁ、いよいよだ。美星さんの謎解きが始まった。

「では、第一の妨害から振り返ってまいりましょう。太陽珈琲さんのペーパーフィルターに、切れ目を入れられていた件です。すでにお話ししたとおり、この妨害はハサミを入れたフィルターの上に無傷のフィルターを重ねておくことにより、関係者全員に実行可能だったことが証明されています」

「うちの店の管理体制が悪かったとでも言いたげだな」

突っかかる堅蔵を、幸代が腕をはたいてたしなめる。

「フィルターには、犯人からの犯行声明と見られるメッセージが記されていました。あのメッセージにより、私たちは犯人の目的が第一回京都コーヒーフェスティバルのチャンピオンの称号であることを認識しました」

美星さんはいつの間に回収したのか――おそらくは中田の手回しがあったのだろう――問題のペーパーフィルターを取り出す。

〈チャンピオンの栄冠は、われわれがいただく〉

「これを見るに、妨害は計画的犯行であることがうかがえます。バラバラに切れ目を入れたペーパーフィルターの用意と箱のすり替えは誰にでもなしえたことから、この段階で犯人を絞ることはできませんでした」

「西側ブースに犯人がいるっていうおれの推理は、てんで的外れだったわけだ」

石井が自嘲する。

「カギになったのは、続く第二の妨害です。当店のコーヒーを飲んだ私の友人から味がおかしいという指摘があり、苦味剤の混入が確認されました。犯人はメッセージによって、ポットに苦味剤を混入した旨を知らせてきました」

美星さんは苦味剤のスプレーも取り出す。メッセージはこうだ。

〈ポットを一つダメにした。これで貴店に票が入ることはないであろう〉

「ポットには一五杯ぶんのコーヒーを入れてありましたから、当店は犯人の妨害により最大で一五票、失ったことになります。太陽珈琲さんよりは被害が小さいと言えますが、それでも妨害としては機能しています」

ところが、という接続詞で、美星さんは話の向かう先を転換した。

「私は前日の妨害を踏まえ、今朝から一度も、ポットのそばを離れませんでした。営業中はドリップに専念しておりましたが、その間はこちらのアオヤマさんがポットを扱ってましたので、蓋を開けて苦味剤を投入することは私たちスタッフを除く何者にも不可能でした」

「そのとおりです」僕は首肯する。

「これにより、ポットに苦味剤を投入することのできる機会は、きわめて限定されてしまったのです。具体的には、昨晩お店に戻ってポットを洗ってから、今朝蓋を閉めて会場に持ってくるまでのあいだ」

「だから、ウチが疑われたんだよね。タレーランのスタッフ以外で唯一、その時間帯にお店に入った人間だったから」

舞香の発言に、青瓶青年が便乗する。

「あれは、怪しすぎましたからね」

「ウチに言わせれば、あとをつけてるあんたのほうが断然怪しいっつーの！　てか、ウチが出ていったあとで、あんたが店に忍び込んでポットに苦味剤を入れたんじゃないの？」

「ふっ、ふざけないでください！　二人が店に入っていくのを見届けてすぐ帰りましたよ――」

「まあまあ。ただし、いま舞香さんがおっしゃったように、お店の扉が開錠された状態でフロアが無人になった瞬間があったので、実は前の晩のうちにポットに苦味剤を仕込むことは、誰にでも可能だったのです。極端なことを言えば、ね」

その情報から導き出される結論は、こうだ――僕だけにすべての犯行が可能だったとする石井の推理は、誤りだった。

「でも……第三の妨害においても、ミルクジャグに焼き石を入れることは誰にでもできた、と話し合いで確認されましたよね。それだと結局、犯人はわからないままなんじゃないでしょうか」

星後は不安そうに、火傷を負った指先を触っている。

「おっしゃるとおり、三度の妨害が発生したにもかかわらず、私は犯人を絞り込む決め手を欠いていました。どの犯行も、誰にでも可能だったから。たとえこの先、アリバイや動機や状況証拠から運よく犯人を特定できたとしても、追い詰めることなどできやしないのではないか。絶対的な証拠がないのみならず、共犯や複数犯の可能性だってないとは言い切れないのだから——そんな風に、暗礁に乗り上げていた私を救ってくれたのは、売り上げを確認している際に発見した、一枚のチケットでした」

美星さんは斜め後ろにいる藻川氏に手がかりを次々渡して、新たな手がかりを提示する。彼女の手のひらに載せられていたのは、来場者全員に配布された、三〇〇円のチケットだった。

「このチケットが、どうかしたんすか」と足伊豆。

「裏に、私の友人からのメッセージが書き込まれています。苦味剤の混入に気づいてくれた友人の筆跡です」

美星さんがチケットを裏返す。〈美星、がんばって！〉とある。

「何の変哲もないメッセージに見えるわね」冴子が率直な感想を漏らす。

「重要なのは、メッセージの内容ではありません。このチケットの、ミシン目を見てください」

何名かが顔を近づける。僕が晶子から受け取ったチケットは、上の辺だけにミシン目があった。

「説明するまでもありませんね。このチケットは、友人が会場に到着して、最初に消費したものでした」

投票用紙とセットになっている短冊の、一番下のチケットだったということだ。よほどのことがない限り、普通は下から順番に切り離して使用するだろう。

「何ら不思議ではないですね。最初に友人のいるブースに向かう、というのは」

錦戸のもっともな発言を受け、美星さんは僕に向き直った。

「晶ちゃんからチケットを受け取り、タンブラーにコーヒーを注いだのは、私ではなくアオヤマさんでしたね。あのとき、あなたは晶ちゃんにこう言いました」

──相変わらず、しっかりしてますね。

「なぜ、そんなことをおっしゃったのですか」

思い出す努力は必要なかった。僕ははっきり答える。

「タンブラーの内側が、濡れていたからです。使う前にちゃんと洗ったんだなと思い、そう言いました」

応天門のあたりで美星さんからされた質問は、次のようなものだった。

──もしかして、晶ちゃんのタンブラーの内側、濡れていたのではありませんか。

もちろん僕はイエスと答えた。美星さんは先の僕の台詞から、その事実を推察したらしい。

「それの何が気になるわけ？　使う前に、グラスリンサーで洗っただけでしょ」

舞香は僕と同じ疑問を抱いたようだ。

「そうする人がいることに対しては、何の違和感もありません。ところが、ですよ。私は、確かに見たのです――替えのタンブラーを受け取った友人が、それを洗うことなくほかのブースへ向かったのを」

第二の妨害後の話し合いを、当事者の晶子は少し離れた場所に立ち、聞いていた。そして僕が解雇を告げられ、話し合いが終了した直後、晶子は中田から替えのタンブラーを受け取り、逃げるようにほかのブースの列に並んだのだ。

「友人の行動は一貫していないように見えますね。最初にタレーランのブースへ来たときは、タンブラーの内側が濡れていたことから、使用前にグラスリンサーで洗ったと考えられる。にもかかわらず、中田さんから替えのタンブラーを受け取った際には、洗うことなくほかのブースの列に並んだのです。むろん、ただの気まぐれの可能性もあるでしょう。ですが、私はここで、一つの仮説を立てました――ひょっとすると苦味剤は、保温ポットではなくタンブラーに混入されていたのではないか」

すなわち僕が見たあの水滴こそが、苦味剤だったということだ。

「運営本部テントで組み立てていたタンブラーに、犯人がこっそり苦味剤を入れたってことですか？　テントには常時運営スタッフがおりましたので、不可能かと思われるのですが」

中田が反論し、伊原と上原も首を縦に振る。

「ほかのブースでは、苦味剤の混入騒ぎも起きなかったしな」

追撃した石井に向かって、美星さんは自信たっぷりに微笑みかけた。

「ならば、答えは一つです。苦味剤は、友人が受け取ったタンブラーにのみ混入されていた」

声を上げて笑い出したのは、堅蔵だった。

「バカバカしい。そんなの、何の妨害にもなりゃせんじゃないか」

「一票失うほかは、苦味剤入りのコーヒーを飲んだお客さんとそのコーヒーを淹れた店舗スタッフが不快な思いをするだけですからね。けれども、この仮説を立てたことで初めて、私は前提がそもそも間違っていたんじゃないだろうか、との疑いを抱きました」

「前提、というと」

僕が聞き質すと、美星さんは言った。

「犯人は第一回京都コーヒーフェスティバルのチャンピオンになるために他店を妨害している、という前提です」

――私たちは、犯人によってとんでもない勘違いをさせられていたのかもしれません。

平安神宮を吹き抜けた一陣の神風が美星さんにもたらした天啓は、まさしくこのことだったのだ。

「つまり、犯人の目的は、チャンピオンになることではなかった……？」

「そう考えたときにだけ、たった一つのタンブラーに苦味剤を混入するという行動が、犯人にとって意味を持つのです」

美星さんの思考に追いついている者はいなかった。幸代が遠慮気味に言う。

「でも、犯人は犯行声明文の中で、チャンピオンになるために妨害してるって書いてたじゃない」

「私たちにそう思い込ませるために、あの犯行声明文は書かれたのです。保温ポットの件も同様でした。本当は一つのタンブラーにしか苦味剤を入れていないことを悟られぬよう、ポットに混入したと偽りの注釈を加えたのです」

僕らはみな、犯人の思惑どおりに転がされていたわけだ。

しかし、そうなると当然、次の疑問が湧いてくる。

「では、犯人の狙いはいったい何なんですか」

そう訊ねた中田に、美星さんは憐れむような顔をして告げる。

「第一回京都コーヒーフェスティバルというイベントを、めちゃくちゃにすること。それこそが、犯人の目的だったんだと思います」

「どうして？　イベントはまだ第一回で、誰かの恨みを買うようなものではありませんでしたよね」

「わかったぞ！　京都珈琲商店街の関係者だな。パクリみたいなイベントが開催されることに腹を立てたんだ」

石井の思いつきはしかし、美星さんによって否定される。

「先んじてあれだけの成功を収めたイベントですから、後続のイベントによって悪影響を受けるおそれはほとんどないでしょう。それよりも、妨害が明るみに出て評判を失うリスクのほうがはるかに大きいと思われます」

「そんなの、美星ちゃんが賢いからそう判断できるだけだよ」

「京都珈琲商店街の関係者は、このイベントにはいないはずですが……」

中田の弱々しい反論は、たちどころに石井に論破される。

「表向きはってだけだろ。同じコーヒー業界のイベントなんだ、どこで誰がつながってるかなんてわかったもんじゃない」

石井の主張に一理あることを認めたうえで、美星さんは言う。

「通常、動機は憶測で語っても空しいものです。しかしながら、今回はその動機すなわち犯人の目的に一度目を向けることで、私は犯人の正体を知りました。そして、少なくとも一部の犯行に関し、私は犯人を問い詰めるだけの材料を持っています。ですから、まずは私の話を聞いていただけますでしょうか」

「……そういうことなら、わかったよ」石井は引き下がる。

「犯人の目的は他店の妨害ではなく、イベントをめちゃくちゃにすることだった。だからポットに苦味剤を混入したと偽りながら、実際は一つのタンブラーにのみ苦味剤を入れるという、まるで妨害の役には立たない手段を講じた。だとしたら、犯人はなぜ、チャンピオンの座を狙っているふりをしていたのでしょうか。この疑問に対して私が導き出した答えは、至ってシンプルでした――真の動機を知られたら、確実に自分が疑われるから」

犯人がチャンピオンの称号に固執していると考える限り、関係者は誰も容疑を逃れられない。いまさら結果にこだわる必要のない人気店や、一度被害に遭った店でさえ、例外ではなかったのだ。サクラチルのスタッフにしたって、たとえば特定の店舗から賄賂を受け取っていたなど、その気になればいくらでも疑える。

「そこまで考えたとき、私の脳内にふと、アオヤマさんのある発言が浮かび上がりました」

急に名を呼ばれ、びくりとする。「ある発言？」

「平安神宮にいるアオヤマさんに電話をかけたとき、あなたはこう言いましたね」

――中田さんの絵馬を偶然見つけて、人生がうまくいくおまじないって絵馬のことだったんだ、と腑に落ちたところです。

「えっ、あっ、もしかして、わたしの絵馬、見ちゃったんですかぁ？」

中田が動揺のあまり、手に持っていたバインダーやらタンブラーやらを落としそうになっている。僕は謝った。

「わざとじゃないんです。自分の絵馬を掛けようとしたら、たまたま目に入って……」

「もう、人のお願いごとなんて勝手に読んじゃだめですよぉ。だから、内緒にしてたのに」

「はは、面目ない……で、美星さん。中田さんの絵馬がどうかしたんですか」

美星さんは、少しも笑っていなかった。

「アオヤマさんの発言から、中田さんは絵馬にイベントの成功を祈る一文を書かれたのだろう、と察しがつきました。そうですね、中田さん」

「は、はい……〈第一回京都コーヒーフェスティバルが無事成功しますように！〉と」

「それではお訊ねします。その絵馬に書いた願いごとは、叶いましたか？」

訊くまでもないことだ。中田は先ほどのスピーチにあったフレーズを繰り返した。

「ですから、今回のイベントが成功に終わったなどとは口が裂けても言えない、と……」

「そうですね。私もそう思います。中田さんが絵馬に書いた願いごとは、残念ながら叶わなかった。でも、妙ですね。あなたにとって絵馬は、人生がうまくいくおまじないだったはずでは？」

美星さん、何を言ってるんだ？　僕はだんだん不安になってくる。

中田も困惑気味に、

「えぇ、まぁ……いままでの人生で、絵馬に書いた願いごとは全部、叶ってきました。受験も、就職も、恋愛も……だから、今回も絵馬を書いたんです。わたしにとって、とても大事なイベントだったから」

「そんなの、運がよかっただけだろう」堅蔵は醒めた反応を示す。

「わたしだってわかってますよ。絵馬に書いた願いごとが、一〇〇パーセント叶うわけじゃないってことくらい。だけど、わたしはそれでうまくやってきたんです。だから今回のイベントも、何だかんだ最終的にはうまくいくはず、だって絵馬にそう書いたんだから、って自分に言い聞かせてたけど――」

それは、あたかも白熱電球のフィラメントが切れた瞬間を見ているようだった。

中田が固まった。まだしゃべっている途中で、口を開けたままの姿で。

「たぶん、私もいまのあなたと同じことを考えました」

美星さんが、あとを引き取る。

「犯人は平安神宮の絵馬掛所へ行き、そこで中田さんの絵馬を見かけた。そして、無垢な願いが込められた一文を読んだ瞬間、こう思ってしまった——イベントをめちゃくちゃにして、この願いごとが叶わないようにしてやろう、と」

誰も誕生日ではないのにバースデーケーキが運ばれてきたみたいな、奇妙な沈黙が場を支配する。

僕の不安はピークに達した。やっぱり美星さん、最近ちょっと様子がおかしかった。この謎解きも、事件を解決しなければならないというプレッシャーから、見当違いの妄想を撒き散らしているに過ぎないのではないか？

「……この人、本当に信じて大丈夫なんすか？　そんなことのために、ここまでやるわけないっしょ」

足伊豆が呆れた様子で言い、石井も同調する。

「そうだよ美星ちゃん、さすがに無理あるって。美星ちゃんがしっかりしてくれないと、朝子ちゃんを説得したおれまで、面目丸潰れなんだから——」

ところが、だ。

「切間さん、続けてください」

そう言って全員を制したのは、中田朝子だった。

「朝子ちゃんまで、いったいどうしたの」

「心当たりがあるんです」

その一言で、石井は沈黙する。

「絵馬の願いごとが叶うのを邪魔される理由に、心当たりがあります。だから、続けて」

中田がそう言うのなら、もはや止められる人間はいない。美星さんは、重く受け止めるようにうなずく。

「では、中田さん。その絵馬ですが、いつごろ掛けたものなのでしょう。おそらく、昨日の朝だったのではありませんか？」

中田は即座に肯定した。

「ブースの設営は昨日の早朝から始まったので、その前に平安神宮へ行ってイベントの成功をお祈りしました。そして社務所へ行って絵馬を買い、橘の裏に吊るしたんです」

そのころにはすでに、社務所は開いていたのだという。

――ちゃんと昨日の朝、おまじないもかけたのに。

今朝の中田の発言を思い出す。あの絵馬が掛けられたタイミングを、僕はすでに把握していた。

「つまり、犯人が中田さんの絵馬を見たのはそれ以降ということになります。このことから、ある事実が判明します——少なくとも初日の時点で、妨害は計画的犯行ではなかった。犯人もまた、準備のために会場入りし、平安神宮を訪れ、そこで中田さんの絵馬を見て初めて、イベントをめちゃくちゃにしてやると決意したのです」

「それはおかしくないですか」すかさず錦戸が反論する。「ペーパーフィルターは、事前に準備されていたとしか考えられない」

「いいえ。犯人は、たまたま太陽珈琲と同じハリオV60のペーパーフィルターを持っていたので、それを妨害に利用しました——言い換えるなら、まったく同じペーパーフィルターを使っていたからこそ、最初に太陽珈琲が狙われたのです」

みなが絶句している。たまたま同じフィルターを持っていた、なんてことがありうるのか。

ありうるのだ——なぜならこれは、ドリップコーヒーのイベントなのだから。

「そうか……だからフィルターに一枚一枚、切れ目を入れたんですね」

僕のつぶやきを、美星さんが拾う。

「そのほうが、いかにも前もって用意されていたように見えますからね。犯人は、同じフィルターを持っていたのが偶然であったことを悟られたくなかったのでしょう」

この情報からも、犯人をある程度、絞り込める。だが、美星さんはその手がかりに飛びつかなかった。

「ところで、アオヤマさんが中田さんの絵馬を発見されたのは、どういったタイミングでしたか」

　唐突な質問に、僕は思わず口ごもる。

「えっと、別に僕は、他人の絵馬を見て楽しむような悪趣味な人間ではありませんよ。電話でも話したとおり、自分の絵馬を掛けようとしたところ、目に入ったというだけです」

「それが一番自然な流れですよね。犯人もまた、同様だったのではないでしょうか――であるならば、同じ絵馬掛所に犯人の絵馬が掛かっているかもしれない。そう、私は考えたのです。もちろん、これは単なる可能性の一つに過ぎませんでしたが。確認したいことと言ったのは、何よりもまず中田さんの絵馬の内容と、近くに犯人のものらしき絵馬があるかどうか、でした」

　美星さんは僕とドリップ役をバトンタッチしたのち、平安神宮の絵馬掛所に向かった。だが予想に反し、中田の絵馬はなかなか見つからなかった。

「無理もありません。中田さんの絵馬の上に、すでに別の絵馬が掛けられていたのですから。まさか、アオヤマさんが他人の絵馬をめくって、その下の絵馬まで見ているとは思いもしませんでした」

「いや、だから、そんな悪趣味な人間では」

「オマエは立派な悪趣味野郎だよ！」

石井に罵られ、返す言葉もなかった。

「……すみません。中田さんの絵馬の上に、ちょっと気になる絵馬があったんです。名前の部分が塗り潰されていて」

「名前が塗り潰されてた？」冴子が訊き返す。

「内容が恋愛に関するものだったので、誰かに見られたら恥ずかしいから、名前を書いたあとで塗り潰したんだと思います。その絵馬を、ほとんど反射的に持ち上げてしまって、下にある中田さんの絵馬を見つけたしだいでして」

「なるほど。そういうこともあるかもしれないわね」

冴子が納得するのを待って、美星さんが口を開いた。

「私はさんざん探してようやく、前日の朝に掛けたばかりの中田さんの絵馬の上に、もう別の絵馬が掛かっていることを知りました」

「おかしなことではないでしょう。週末の平安神宮ともなれば、多くの参拝者が絵馬を書くでしょうから」

星後が指摘する。

「そうですね。でも、少なくとも犯人が絵馬掛所に来た時点では、中田さんの絵馬は表にあった可能性が高いですよね。それを見て、犯人は妨害を決意したのですから」

「はなから中田さんの絵馬を探す目的で、僕みたいに他人の絵馬をめくらない限りはね」

悪趣味を自虐に変えて、僕は言う。

「だったら、犯人の心理としては、なるべく中田さんの絵馬が人目につかないようにしたいのではないでしょうか。もし仮に誰かが中田さんの絵馬を見た場合、万が一、いやたとえ百万分の一の確率でも、その人が絵馬と妨害とを結びつける危険性はあるのですから」

そして実際、美星さんの頭脳をもってするとそうなった。

「だから、犯人は中田さんの絵馬の上に、名前を塗り潰した自分の絵馬を掛けたっていうんですか？　こじつけのように聞こえますけど」

青瓶が嘲笑混じりに言うも、美星さんは引かない。

「だったらいいな、という願望も込みで、私は問題の絵馬を注視しました。するとなんと、絵馬の端にコーヒー豆とおぼしき、茶色い粉が付着しているではありませんか」

うっ、と思う。自分の行動が美星さんの推理を台なしにしたらどうしようと不安になりつつ、僕は申し出た。

「すみません……あれは、僕が触ったときにつけちゃったんです」

「本当に？　アオヤマさんが触る前は、ついていませんでしたか？」

瞬時に切り返され、僕は返答に詰まる。

「……憶えてません。そこまでよく見てなかったもので」

美星さんは一呼吸おいて、

「アオヤマさん。私は、会場を追い出されたあなたがどこへ行くのかが気になり、遠くのブースからではありますが、見守っていたのです。あなた、応天門をくぐる前に、手水舎に立ち寄りませんでしたか」

僕は思わず叫んでいた。

「あっ——確かに僕、手を洗いましたよ！」

そうだった。神社の参拝におけるごく一般的な作法として、僕は初めに手水舎へ行き、手をすすいだのだ。その時点でビニール手袋は外していたから、たとえ指にコーヒー豆の粉がついていたとしても、あのとき洗い流されたに違いない。

「じゃあ、あの粉をつけたのは僕じゃなかったのか……」

「そうなるとがぜん、このイベントの関係者が掛けた絵馬であった可能性が高まりますね。彼女は——願いごとの内容から、《彼女》と呼びます——ビニール手袋をつける前、すなわちイベント開幕前の準備によりコーヒー豆の粉がついた手で、自分で購入した平安神宮の絵馬を触った。手水舎を利用しなかったのは、単に億劫(おっくう)だったとか、その程度の理由でしょう」

参拝の折に手水舎で手をすすがない人など、べつだんめずらしくもないだろう。

「絵馬を書いた彼女は絵馬掛所へ行き、そこで中田さんの絵馬を発見し、イベントをめちゃくちゃにしてやろうと決意します。真の動機につながる中田さんの絵馬は、名前の部分を黒く塗り潰した自身の絵馬で覆い隠すことにしました。念を入れるならば中田さんの絵馬を持ち去るとか、新たに購入した絵馬に自分とは無関係の願いごとを書いて中田さんの絵馬の上に重ねるとか、いくらでもやりようはあったと思われますが、社務所の方やほかの参拝客の目が気になったため、覆うだけにしておいたのでしょう。まさか、絵馬をめくる人が現れるとは思わなかった」

そのまさかが、起こってしまったのである——この、僕という悪趣味な人間によって。

「あくまでも、これは仮定の話に過ぎません。ですが、もし私のこの想像が正しければ、犯人は一気に絞り込めてしまいます。なぜなら、絵馬にはこう書かれていたのですから」

そう言って、美星さんは一語一語きれいに発音しながら、絵馬に書かれていた願いごとを読み上げた。

〈いまの彼氏と結婚できますように〉

「同性婚がまだ制度として認められていない以上、この絵馬を書いたのは、現在お付き合いをしている男性のいる女性、ということになるでしょう。よって、犯人は……」

「待った待った待ーった！」

ある女性を指差しかけた美星さんを、石井が慌てて制止した。

「何ですか、石井さん。たいへん重要な局面なのですが」

「この中に、いま彼氏がいる女は一人しかいない、って言いたいんだろ？」

「はい。謝罪行脚の際におこなった聞き込みの中で、私はきわめて自然に、その事実を確かめたつもりです」

身に覚えがあったのだろう、女性たちがそわそわしている。あれはそういう目的だったのか、と言いたげだ。

「そりゃあずるいよ美星ちゃん。だって、きみ自身も彼氏がいる女性じゃないか」

美星さんは、目をぱちくりとする。

「何のことです？」

「犯人を追い詰めたい気持ちはわかるけどさ、しらばっくれても無駄だって。八月に朝子ちゃんと一緒に出店をお願いしにいったとき、そいつと付き合ってるって言ってたろ」

　石井が立てた親指を僕に向ける。

　美星さんはこちらを一瞥し、ため息をついてから言った。

「何だ、その件ですか。石井さん、ご存じなかったのですね。とっくにお気づきかと思っていましたが」

「ご存じなかった、って……何をだよ」

　一瞬、美星さんの瞳が悲しげに揺れる。けれども直後には元の冷静な表情に戻って、彼女は事実を告げた。

「私とアオヤマさんは、先月お別れしました」

2

　そうなのだ。

　悲しいけれど、彼女の言うとおりだ。

　九月のある夜、美星さんから突然、ラインラインのメッセージで別れを切り出された。仕事との両立が難しく、いまはどうしてもタレーランを守りたいから、恋人関係を解消してほしいという趣旨だった。

突然、と表現したが、前触れはあった。藻川氏が倒れてからの美星さんは、自身もある人に襲われてケガをしたばかりでなく、亡き大叔母の作ったお店を守らなければというプレッシャーから、はたから見ても痛々しいほど常に疲弊しきっていた。藻川氏や僕が、あんまり思いつめないようにと温かい言葉をかけても届かないほど、彼女はオーナーを喪いかけた恐怖に心を侵食されてしまったようだった。

そんな彼女の力になるべく、僕はタレーランで働くことを申し出、採用が決まると身を粉にして働いた。そちらの面では、そこそこ役に立てたと思う。ところが、僕らは同時に、出会いからおよそ三年間にわたり保ち続けた距離を壊して、恋人になった。

——結論から言えば、これがよくなかった。

新人の従業員である僕に対して、厳しいことを言わなければならないときもある。営業に疲れ切って、理想的な恋人を演じられなくなるときもある。美星さんは従業員としての僕と、恋人としての僕との接し方を、上手に使い分けられなかった。必要もないのに無理して笑ったり、八つ当たりとしか思えない振る舞いに及んでは、自己嫌悪に陥ったり。そんな日々が積み重なっていくうちに、僕らの関係は錆びついた歯車のように、軋(きし)みを上げるようになっていった。

そもそも美星さんは、過去の経験のせいで、異性との交際に対するハードルが高い人だったのだ。それでも彼女が切り出してくれたから、僕はお付き合いを申し込んだ。

時間をかけたから。もう、大丈夫だろうと思えたから。

本当は、タレーランで働くことを希望した僕のほうから、言わなければいけなかったのかもしれない。

落ち着いたらにしましょう、と。焦る必要はないですよ、僕はどこへも行きませんから、と。

美星さんの置かれた状況はよく理解できたから、僕は彼女を引き止めなかった。僕とお店、どちらが大事かと問われたとき、お店を選ぶのは真っ当な判断だと思えた。

それでも、傷つきも落ち込みもせず、美星さんに対して寛大であり続けたと言えば、真っ赤な嘘になる。——僕だって、つらかったのだ。

だから、舞香の誘いに乗った。情報収集のためというのは建前で、本音を言えば、美星さん以外に好きになれる女性を探したほうがいいのかもしれないと考えたのが半分、当てこすりのような気持ちがもう半分だ。僕も前を向かなければいけない、美星さんにも悪いと思ったのだ。

当然、浮気ではありえない。異性と食事するだけならまだしも、恋人に黙って行けば浮気と認定されることもあるだろう。だが、僕と美星さんは恋人ではなくなっていたのだから、どうしてこれが浮気になろうか。

この二日間、終始丁寧語で話し続けたのも、すでに別れていたからだ。交際中は、お店の営業時間だけは丁寧語で話すと決めていた。別れた瞬間から、シチュエーションを問わず丁寧語に戻したのだ。お互いに、そのほうが違和感がなかったというのが大きい。

すべては純喫茶タレーランのためだった。そのために僕も、美星さんも犠牲になった。なのに、身から出た錆とはいえ、僕はタレーランもクビになってしまった。何もかも失って、どうしたらいいのかもわからない。

けれども一方で、これは美星さんの優しさだったのかもしれない、とも思う。

恋人でなくなったいま、タレーランに通勤し続けるのは、やはりどうしても苦しかった。傷ついてなどいないふりをして、その実毎日、心の中で涙を流していた。隠しているつもりだったけど、隠し切れないときもあっただろう。

鋭い美星さんはそれも全部察していて、僕を楽にしてくれたのではないか。藻川氏が完全復帰できる状態にまで回復したこのタイミングで、僕が信用を失う行動に及んだことを口実に、僕を、切間美星という人の束縛から、解き放ってあげようとしたのではないか——本当の別れを、もたらしてくれたのではないか。

そんな優しさ、欲しくはなかった。けれども僕は、三年以上にわたる付き合いの中で互いを理解し合ってきたからこそ、彼女ならその道を選ぶかもしれないな、と思うのだ。

出会いから、三年近い月日を費やして。

たくさんのトラブルをともに乗り越え、少しずつ歩み寄って。

そうしてついに結ばれた二人は、未来永劫(えいごう)、仲むつまじく幸せに暮らしていける。

そんなのは、ただの幻想だ。

ここにはただ、どこにでもいる一組の恋人の、ありふれた別れが横たわっているに過ぎない。

たとえ運命の人と見定めた相手と決別しようが、それでも僕たちは、生きていくしかないのだから。

3

「わ……別れた？　本当かよ。容疑から逃れるための言い訳じゃなくて？」

混乱しながらも疑いの目を向ける石井に、美星さんはスマートフォンを差し出した。

「私とアオヤマさんのラインラインのトーク履歴です。別れ話に関するやりとりをスクリーンショットしたものですので、よろしければご覧ください」

石井は受け取って画面に顔を近づけ、僕らと画面、交互に目を走らせる。

「これが、美星ちゃんとこいつのやりとりなの？」

「いかにも」

「アカウント名、何これ？『茨』と『マイカ』って、どっちがどっちだよ」

「マイカって、ウチじゃないよ」舞香が慌てる。

美星さんは少しためらったあとで、気の進まない様子で説明した。

「男性のことで苦労した過去があり、アカウント名に本名を使いたくなかったのです。それで、岡山県井原(いばら)市に美星(びせい)町という町があることを知り、そこから取って『茨(イバラ)』としました」

名前のとおり、星空の美しさで著名な町なのだそうだ。運命を感じながらも、訪れたことはないらしい。

「『茨』のほうはまぁわかったけど、『マイカ』ってのは？」

続く石井の質問に、僕は顔をゆがめた。

「そんなアカウント名、使うの嫌だったんですよ。男なのに女みたいだし、友達にも一〇〇回以上説明したし。でも、美星さんが自分だけ変なアカウント名なのは恥ずかしいって言うから、しぶしぶ付き合って変えたんです」

「それが、どうして『マイカ』になるんだよ」

「美星さんと同じ理屈ですよ。氏名を略してアオヤマって呼ばれてるでしょう。ブルーマウンテンといえば、ジャマイカ産コーヒー豆の高級品種ですよね。だから、ジャマイカから取って『マイカ』」

どちらも地名由来なのである。そこに、偶然にも名前が一致してしまった舞香が口をはさむ。

「あれ、でも、きみのラインラインのアカウント名、普通に本名じゃなかった？」

「だから、嫌だったから振られて即戻したの！」

恋人どうしのたわいない戯れを説明するほど、恥さらしなことはない。余談だが、美星さんのアカウント名は以前と同じ『茨』のままだ。だから当然、平安神宮にいるときに美星さんからの音声通話が着信した際も、僕のスマートフォンには『茨』と表示されていた。

逆ギレのような僕の態度にかえってリアリティを感じたのか、石井はようやく信じてくれた。

「マジで別れてたんだな……」

「ご納得いただけたようですね」

「だけどさ、うがった見方をすると、よりを戻していないとも限らないよな」

「昨晩のアオヤマさんの浮ついた言動をもってしても、そう思われますか？　でしたら、スクリーンショットではなくラインのトーク履歴そのものをお見せしましょうか。その日以降、他人行儀のやりとりしか交わしていないことが確認できますよ」

開き直ったかに見える美星さんに石井は怯み、「いや、そこまでは……」とつぶやきながら、スマートフォンを持ち主に返却した。

美星さんが、何事もなかったかのように話を本題に戻す。

「というわけで、この中で現在、あの絵馬を書きうる条件に該当する女性は、ただ一人となります」

僕は、昨晩の舞香との会話を思い返す。

――だってぇ、ウチも彼氏募集中だしぃ。

――冴子さんと石井さんもフリーで……。

幸代は堅蔵の妻であり、ここに至るまでの道筋から考えて中田が犯人ではありえない。そして、美星さんも除外された。

残った女性に、美星さんの人差し指が突き立てられた。

「第一回京都コーヒーフェスティバルにおける一連の妨害行為の真犯人は、あなたです。星後望さん」

右手の薬指の指輪を隠しながら、星後は青ざめて立ち尽くしていた。

「ちょ……ちょっと待てよ！」

割って入ったのは、モンキーズカフェのマスター、錦戸徹だった。

「確かに僕たちは付き合ってる。けど、絵馬の願いごとなんかで犯人を決められちゃたまらない。そんなの、犯人が望に罪をなすりつけるために書いたのかもしれないじゃないか。それに恋人の有無にしたって、犯人が嘘をついていないとは限らない」

「そうですね。妨害の目的がチャンピオンになることであると思い込ませるための犯行声明文を残しながら、絵馬では別の動機による犯行として他人に罪を着せるというのは、真犯人の行動としては矛盾していますが、そのような反論はもっともです」

美星さんは冷静に受け止める。

「そもそもここまでの推理には、憶測が多分に含まれていました。中田さんの絵馬の願いごとが成就するのを妨げるためという、真の動機からしてそうです。しかしながら、星後さんが犯人だと考えると、さまざまな疑問が解消されるのは事実なのです」

「さまざまな疑問？」

「たとえば、動機です。星後さんは中田さんと幼なじみでした。中田さんが絵馬に書いた願いごとを叶えるさまを、星後さんはずっと近くで見てきた。今回の動機を持ちうる犯人としては、ほかの誰よりも説得力があります」

そこで昨日の朝耳にした星後の言葉が再度、甦った。

――朝子とは同じ私立の中高一貫校に進んだんですけど、彼女は大学も一緒に行きたいって言ってくれて。私はわりとまじめな生徒だったから、楽しそうに日々を過ごしていた朝子とは正直、だいぶ学力の差があったんです。それでも朝子は、自分もがんばるからって……なのに、蓋を開けてみると私だけ落ちちゃって。

大学受験なら、まさに絵馬が関わっていたのではないか。星後は中田を崇拝すらしているように見えた一方で、絵馬の力を借りて成功を手にする中田に、かねてより複雑な思いを抱いていたとしてもおかしくない。これと似たような話を、美星さんは先の事情聴取の時間に、星後や中田から引き出したのかもしれない。

「次に、第一の妨害です。中田さんの絵馬が妨害の引き金になったはずです。にもかかわらず用意できたのは、犯人がこのイベントで太陽珈琲と同じV60ドリッパーを使う店舗のスタッフだからに違いありません」

先ほど犯人を絞るのに用いなかった情報を、ここで美星さんは再び持ち出した。今回のイベントで、ドリップにV60を使用していた店舗は三つ――太陽珈琲、椿カフェ、モンキーズカフェだ。星後はこの条件にも当てはまる。

「なお星後さんは西側ブースのスタッフですから、その気になればイベント中でもペーパーフィルターの箱を交換できたかもしれませんが、自身がブースを離れた直後に妨害が発覚すると疑われるリスクが高まることや、交換したフィルターを自店で使用する必要があった点から考えて、やはり無傷のフィルターを重ねた状態でイベント開始前に交換しておいたのだろうと思います」

「第三の妨害はどうなるんだ。うちの店は被害者で、望は火傷を負ってるんだぞ」

錦戸は半狂乱になってわめく。

「あれも、芝居だって言うのか。冗談じゃない。見てみろよ、望の指を。あの火傷は、断じてフェイクなんかじゃない」

「では、実際に火傷したのでしょう。幼なじみを絶望させるために、わざとガスコンロの火に指を突っ込むかどうかして」

美星さんがさらりと放った発言のグロテスクさに、錦戸は慄然としている。

「本気で言ってるのか……そんなの、正気の沙汰じゃない」

「私は初めから不自然だと思っていましたよ。犯人はトイレで変装をして、正面側からミルクジャグを移動させ、その中に熱々に熱した焼き石を入れた？　ええ、ありえないとは言い切れません。ですが、ずいぶん危ない橋を渡るものです。妨害したいだけなら、もっと簡単な方法がいくらでもありそうなのに」

言われてみればそうだ。ミルクジャグに触れている場面を見られるだけで、現行犯で一発アウトになるのだから。

「そのうえで、星後さんが決して熱くなることのない持ち手ではなく、ミルクジャグの胴の部分を握っていること。熱かったからといって、とっさに水を張ったボウルの中にジャグを投げ込んでいること。ゆえに、焼き石が本当に火傷を負うほど熱かったのかどうか確かめられなかったこと。何もかもが、あまりに不自然でした。絵馬を見る前から、私は星後さんが犯人である疑いがもっとも強いとにらんでいましたよ。ただ、決め手を欠いていただけで。そう言えば、あのとき通報を止めたのも星後さんだったそうですね」

　この期に及んで、星後は沈黙を貫いている。僕が第三の妨害の現場に居合わせながら、それらの違和感を見逃してしまったことは痛恨の極みだが、それだけ彼女の演技が真に迫っていたとも言える。

　錦戸は憔悴(しょうすい)しきっている。それでも、かろうじて次の一言を発した。

「……証拠がない。望が犯人だっていう、確たる証拠が」

　美星さんは、弱った獲物を仕留めにかかるライオンの目をしていた。

「絵馬を見た段階で、私は星後さんが犯人であると確信しておりましたが、それは状況証拠から導き出された結論に過ぎませんでした。けれどもいま、私はすでに犯人を問い詰めるに足る材料を手にしております」

「何だよ、材料って」石井が問い質す。

「第二の妨害について、今一度振り返ってみましょう。犯人は一つのタンブラーにだけ苦味剤を入れ、スプレーにメッセージを添えることで、ポットの中に混入したと誤認させ妨害に見せかける、という方法を採りました。苦味剤は誰もが持ち合わせているようなものではありませんが、過去に犬を飼っていた方なら、手元に残されていても不思議ではありませんね」

　苦味剤のスプレーを見て、ペットのしつけに用いるものだと説明したのは星後だった。昔犬を飼っていた、とも言っていたはずだ。昔というのが何年前かはわからないが、ペットの遺品を捨てられない気持ちは想像できる。

「ですが当然ながら、私の友人がタンブラーを手にしたあとに、苦味剤を入れるのは不可能です。列に並んでいる友人からタンブラーを受け取り、内側に苦味剤を吹きかけようものなら、怪しまれるに決まっていますから」

　そんなおかしなことがあったのなら、晶子が僕らに報告しないはずがない。

「では、犯人はいつ、苦味剤をタンブラーに入れたのでしょうか。私が思いついた手段は、一つしかありませんでした。苦味剤を内側に吹きつけて蓋を閉めたタンブラーを、本部テントのテーブルの上にこっそり置いたのです」

　伊原と上原が、そろって目を丸くしている。

「犯人はイベント開始直前、運営本部テントに用があるふりでもして近づき、あの長机に苦味剤を入れたタンブラーを置いたのでしょう。あそこには大量のタンブラーが並んでいましたから、一つ紛れさせることくらいわけはなかったはずです。そのタンブラーを受け取ったのが、私の友人だったのです」

「そんなやり方じゃ、特定の店を狙えないだろ」錦戸が苛立たしげに言う。

「はい。ですから、犯人はうちのお店を標的にしたわけではありませんでした。言うなれば、どのお店でもよかった――できれば太陽珈琲とモンキーズカフェは避けたかったでしょうが、それとて絶対ではありません」

上位が狙われれば引きずり下ろすためと見なされるし、下位でも追いつかれるのを防ぎたいということで説明はつく。いずれにしても、中間発表三位のタレーランがその外れくじを引いたのは、犯人にしてみればラッキーだった。

「でもさ、じゃあなんで、タレーランのブースにスプレーが落ちてたわけ？」

舞香の疑問は、美星さんより早く石井が一蹴した。

「そんなの、騒ぎが起きたあとで転がしておいたに決まってんだろ」

「犯人は話し合いのためにタレーランのブースのバックヤードへやってきた際、誰にも見られぬよう、ひそかにスプレーをクーラーボックスの陰に置いたのです。そうすることで、初めからタレーランのポットが狙われていた、と思い込ませることに成功しました」

あのときスプレーを見つけたのは青瓶だった。誰も見つけてくれなければ、星後がみずから見つけるつもりだったのだろう。美星さんの推理を裏付けるかのように、スプレーに記されたメッセージの中に、店名はなかった。

「そう言えば、第三の妨害が発生した瞬間の錦戸さんとの会話を、アオヤマさんは憶えておられますか」

突然振られ、とまどいながらも僕は答える。

「はい。確か、錦戸さんがこう言った直後でした」

──昨日の話し合いから戻ってきた僕が、よっぽどピリピリしているように見えたんでしょうね。第二の妨害が発生したことを中田さんが知らせに来たとき、望が『今度は私が行くよ』って──。

「星後さんはすでに第三の妨害の準備を終え、いつでも発動できる状態だったのでしょうが、そのきっかけとなったのがいまの錦戸さんの発言でした。スプレーを転がすために進んで話し合いに参加したことを、知られたくなかったのです」

「じゃあ、あれは僕に罪をなすりつけるためではなかったんですか」

「それもあったのかもしれませんが、第二の妨害の被害に遭ったのがタレーランだったことも、私がアオヤマさんをクビにしてほかのブースに向かわせたことも、成り行きに過ぎませんでしたからね。特定の誰かに罪を着せる意図は犯人にはなかったのだろう、と私は考えています」

「はいはい、おれの推理が邪魔でしたよ！」

石井はいじけている。

「理屈はわかるのですが、第二の妨害をそのような方法でおこなうのは、いささか不確実すぎやしませんか。苦味剤入りのタンブラーを受け取ったお客さんが、列に並ぶ前にグラスリンサーでタンブラーを洗ったら。苦味剤の混入に気づかなかったら。あるいは、苦味剤の混入が発覚したとき、ポットの中身がまだ残っていたら。失敗のリスクは、いくらでもあるように感じるのですが」

森場の指摘は的確だったが、美星さんは揺るがない。

「まず、ポットの中身に関しては、だから犯人はなるべく早い時間帯にお客さんが苦味剤入りのタンブラーを受け取るよう、イベント開始前にタンブラーを本部テントに置いたのだろうと解釈しました」

「早い時間帯だと、何かメリットが？」

「イベント開始直後は、どのブースにも行列ができ、みるみるうちにポットが空になっていましたよね。あの状況では、苦味剤入りのコーヒーを口にしたお客さんが急いでブースへ戻り、列に割り込んで被害を訴えない限り、ポットの中身は残っていなかったでしょう。加えて、次から次へとお客さんがやってきますから、同じポットからコーヒーを飲んだお客さんを特定するのも難しくなります。初日のイベント開幕直後の盛況ぶりを見て、犯人はこの方法を選んだのでしょう」

味がおかしいことに気づき、さらにスタッフへの報告を決心し実行するまでに、わずかでも時間がかかったらポットは空になってしまうというわけだ。現に、味がおかしいことを即座に確信でき、しかも僕らにそれを伝えるのに遠慮がなかったはずの晶子ですら、間に合わなかった。

「次に、苦味剤を入れたタンブラーを洗われる、あるいはお客さんが苦味剤の混入に気づかず、または気づいても報告をためらったために騒ぎにならなかった場合についてですが、その際には犯人は第二の妨害をパスするつもりだったのだろうと推測しています。初日と二日めにそれぞれ妨害が発生しただけでも、絵馬の願いごとを成就させないという目的はじゅうぶん果たせますから」

「なるほど……」

「もちろん、スプレーだけを転がして、実は被害に遭ったお客さんも気づかないうちに妨害行為が発生していたと訴えることもできるでしょう。しかしながら、実際に苦味剤が混入されたコーヒーを関係者が口にしないと、ただのブラフじゃないかという疑いは強まりますので、第二の妨害をパスするつもりだった可能性のほうが高い、と私は見込んでいます。もしかすると、実行しなかっただけで、代替案を用意していたのかもしれませんね」

森場が疑問を取り下げたところで、美星さんは「さて」と言った。

「ここまで来れば、私が犯人を問い詰めるに足る材料と申し上げたのが何なのかは、みなさんにもおわかりでしょう」

みなの視線が、おのずとある一点に集中する。

「犯人は、苦味剤を入れたタンブラーを運営本部テントに置きました。そのタンブラーは、どこで入手したものだったでしょうか。言うまでもありませんね。運営スタッフから配布され、犯人自身が受け取ったタンブラーです」

京都コーヒーフェスティバル、オリジナルタンブラー。運営スタッフ以外、事前に入手することはできなかった。

「可能なら本部テントで別のタンブラーをくすねるなどしたかったと思いますが、二人のスタッフの目を盗むのは、置くだけならまだしも持ち去るには難しかったのでしょう。もう一個のタンブラーを購入するという手もありますが、もちろん運営スタッフの印象に残ってしまいますから、そうしなかったのでしょうね。動かぬ証拠となってしまうのはかなりの恐怖をともなったに違いありませんが、何とでも言い抜けられるはずでした。ここまで状況証拠を積み重ねられない限りは、ね」

美星さんが、あらためて一同を見回す。

「私は中田さんにお願いして、結果発表のあとで乾杯をしたいのでタンブラーを持って集まってほしい、と全員に伝えてもらいました。みなさん、タンブラーはご用意いただいてますね」

全員が、その手に持っているタンブラーを示す。

二日め限定の、カフェオレのような色をしたタンブラーを。

ただ一人を除いて。

「星後さん。どうしてみなさんと同じ本日のタンブラーをお持ちでないのか、納得のいくご説明をお願いできますか」

星後の手には、一日めの白いタンブラーが握られていた。

「……望、今日のタンブラー、なくしちゃったんだよな？　さっき、そう言ってたよな」

すがるように、錦戸が星後の両肩を持って揺さぶる。

「おい、どうしたんだよ。何とか言えよ、望！」

「──憎かったの？」

突如、中田朝子にそう言われ、星後は目を大きく見開いた。

「憎かった……？」

「何もかもうまくいってるように見えたから。その一つ一つを、何の悪気もなく、あなたに話してしまっていたから。仲がいいふりをしながら、本当はずっと、わたしのことが憎くて憎くてたまらなかったの？」

「違う……そうじゃない……」

星後の発した声は、かすれている。錦戸が、手を離した。

「……望？」

「ごめんなさい」

星後はその場にくずおれ、両手で顔を覆って泣き始めた。

「本当に、ごめんなさい……全部、私がやりました」

4

——自分でも、どう説明していいかわからないんです。

昨日の朝、朝子の書いた絵馬を見た瞬間に、私の中に芽生えた感情を。

朝子とは、小学校からの幼なじみです。

彼女は裏表のない朗らかな性格で、ちょっととぼけたところもあるけど、目標を決めたらそれに向かって一心不乱に努力できる子供でした。もちろん、みんなに好かれていました。

一方の私は可もなく不可もなく、取り立てて目立つこともなければ、反対に埋もれることもない、平凡な子供でした。けれども家が近いこともあり、朝子とはずっと仲よくしていたんです。まっすぐな朝子のことが、私は大好きでした。

初めて屈折した思いを抱いたのは、中学一年生のときでした。

朝子に彼氏ができたんです。同じクラスのコウイチくんという男の子で、朝子は自分から告白して付き合ってもらえた、とうれしそうに私に報告してきました。

ねぇ朝子、気づいてた？

あのころ私も、コウイチくんのことが好きだったんだよ。

当時、私はコウイチくんとけっこういい感じでした。まさか、横からかっさらわれるとは夢にも思っていなかった。それでつい、訊いたんです。どうやって彼を振り向かせたの？　って。

朝子は幸せいっぱいの笑みを満面にたたえ、教えてくれました。

――縁結びで有名な平安神宮へ行って、絵馬を書いてお願いしたんだよ、と。

その後も朝子は、折に触れて絵馬を書き、願いごとを叶えてきました。

中学校で同じテニス部にいたときは、三年生の最後の大会で、朝子が個人戦を勝ち進んで一つ上の地区大会まで進みました。私はあと一勝というところで難敵に当たり、力及ばずでした。

同じ高校に進学したときも、もうテニスでは朝子と競いたくないからと、私は合唱部に入りました。なのに、朝子も私のあとを追って合唱部に入り、大事なコンサートでソロを任されたのは私ではなく朝子でした。

大学受験もそうでした。勉強は、私のほうがよくできたのです。それでも朝子は私と同じ大学へ行くことを志願し、彼女だけが合格しました。

わかっています。自分の努力が足りなかったんだってことくらい。

私だって、ずっと朝子を憎んでいたわけじゃない。だって、一番間近で、誰よりもひたむきに努力する彼女の姿を見てきたから。

彼女が願いごとを叶えてきたのは、いつだって神様のおかげなんかじゃありませんでした。彼女自身が、自力で結果を手繰り寄せてきただけなんです。

でも、彼女は決まって私にこう言いました。

――絵馬のおかげかな。これはわたしの人生がうまくいくおまじないなんだ、って。

朝子、たぶん知らなかったでしょう。

だって私、一度も話したことないもんね。

私もね、いつも絵馬を書いてたんだよ。

中学一年生のとき、あなたが絵馬を書いてコウイチくんと付き合い始めたって聞いた、あの日から。

テニス部のときもそうだった。

合唱部のときも、大学受験のときも。好きな人ができたときも就職活動のときも、飼い犬が病気になったときも親が離婚しそうになったときも。いつだって、絵馬を書いて神様にお祈りしてきた。

だって朝子が言うから！

朝子が、これは人生がうまくいくおまじないなんだって言うから。

なのに、一つとして叶わなかったよ。私が絵馬に書いた願いごとは、一度も神様に聞き届けられなかった。

どうして？

なんで私の願いごとはだめで、朝子だけ何もかもうまくいくの？

こんなの、神様のえこひいきじゃん。

朝子はどう思う？　私が絵馬を書いただけで満足して、何も努力してこなかったせいだと思ってる？

全部、私が悪いんだよね。両親が離婚したのも、何より大事にしていた飼い犬が死んだのも、私が悪いから神様に願いを聞いてもらえなかったんだよね。

違う？　でも、そうじゃなきゃ説明がつかないじゃん。

だったら絵馬を書くことなんて、やめてしまえばよかったんですよね。

私、途中からは意地になってたんだと思います。

就職活動がうまくいかなかった私は、モンキーズカフェでアルバイトを始めました。徹さんと付き合うようになったのは、彼のほうから告白してくれたのがきっかけ。私も徹さんのことは気になってたけど、まさか店長と付き合うことになるとは思わないでしょう。だから、絵馬に願いをかけたりはしてませんでした。

朝子は前から第一志望だと話していたイベント業界に就職して、交流は続いていたけれど、連絡を取る頻度は落ちていました。職場と恋人に恵まれたこともあり、私はだんだん、絵馬を書いては願いが叶わないことに憤慨するといった、ある種の自傷じみた行動に及ぶことはなくなっていきました。

そんな折でした。朝子が、第一回コーヒーフェスティバルの企画を持ってきたのは。

私は絶対出店したい、朝子の力になりたいと徹さんに訴え、彼もそれを聞き入れてくれました。本番に向けて準備を進めるあいだ、イベントをめちゃくちゃにしてやろうというよこしまな考えは、一瞬たりとも私の脳裡をよぎりませんでした。本当に、楽しみにしていたのです。

そうして迎えた、イベント初日の朝。

ブースでの準備がスムーズに終わり、一〇時の顔合わせまで少し時間が余りました。徹さんがブースにいると言ったので、私はふと、平安神宮にお参りしておこうと思ったのです。

手水舎で手を洗わなかったことに意味はありません。イベントのことで頭がいっぱいで忘れてしまった、というのが正直なところです。

大極殿でお参りを済ませて顔を上げたとき、視界の端に、社務所で絵馬を売っているのを認めました。

いまにして思えば、あれは魔が差した、というやつだったのでしょう。縁結びで有名な平安神宮の神様に、徹さんとの結婚をお願いしてみようかと思い立ち、私は久々に、絵馬を買ったのです。

願いごとを書き、あの右近の橘の裏にある絵馬掛所の前に立ち、自分の絵馬を掛けようとした私の目に、まるでそこだけ浮き出ているかのように、飛び込んできた一文がありました。

第一回京都コーヒーフェスティバルが無事成功しますように。

朝子の氏名が、はっきり記されていました。

その瞬間、私は――。

突然息が苦しくなって、視界がぐにゃりとゆがみ――。

いますぐ朝子の絵馬を引きちぎって、地面に叩きつけてやりたい衝動に駆られました。朝子との長い付き合いのなかで、これほどの激情に襲われたのは初めてでした。

こんな、絵馬なんか。

こんなの、ただの気休めでしかないのに。

朝子はいまも、こんなものが自分の願いごとを叶えてくれると、本気で信じている。

なんて――なんて、純粋なんだろう!

私はこんなにもひねくれてしまったというのに!

発作的な怒りはどうにか抑え込みましたが、乱れた呼吸を整えたときすでに、私はこのイベントをめちゃくちゃにすること、そうして朝子が絵馬に書いた願いごとが叶うのを邪魔することを決意していました。手始めに絵馬を書く場所まで戻り、名前の部分を塗り潰すと、私は朝子の絵馬が人目に触れないよう、その上に自分の絵馬を掛けました。その冷静さを欠いた行為が、翌日の自分を追い詰めることになるとも知らずに。

そこから先は、すべて切間さんの推理したとおりです。

こんな気持ち、誰にも理解されないことは承知のうえです。

私は、自分でも気づかないうちに、狂ってしまっていたのだと思います。

本当は、誰かに正気のこちら側へ引き戻してほしかったのかもしれません。こんな恐ろしい振る舞いに及ばずにいられない自分を、叱ってほしかったのではないか、と。

でなければ、どうしてタンブラーに苦味剤を入れるなどという、デメリットばかりが目立つ方法を選ぶでしょうか。苦味剤に関しては絵馬を見て飼い犬の死が頭をよぎったこともありますが、自分のタンブラーを用いるのは、確実でないうえに証拠が残るという、考えうる限り最悪な方法です。いくら一晩でアイデアを絞り出さなければいけなかったとはいえ、それが危険であることを私はじゅうぶん認識しながら、それでも実行に移したのです。果たして私の心臓に杭を打ち込んだのは、懸念したとおりタンブラーでした。

そもそも初日の終わりの時点で、朝子がイベントの失敗を認めてくれていたら、私はそれ以上、妨害を重ねるつもりはありませんでした。でも、朝子は第一の妨害をもってしてでも「無事に終えられ」と言い、第二の妨害のあとですら「成功」という言葉を用いました。それらを聞くとき、私は朝子から「失敗」の二文字を引き出すまでは妨害を続けるべきだと思いながらも、そうしなければならないことに苦しみを味わってもいたのです。

でも、こんな言い訳、信じてもらえるわけがありませんよね。

かまいません。許してもらえるだなんて、思ってもみませんから。

……ただ。

信じてもらえなくてもいいから、最後にこれだけは言わせてください。

私は、朝子のことが大好きでした。

友達として、ずっと尊敬していました。

それだけは、偽りなき本心なのです。

5

なんて、身勝手なのだろう。

なんて醜く、擁護しようのない動機なのだろう。

現に、場にいる者のほとんどが、いまも地面に座り込んだままの星後望に呆れと軽蔑と嫌悪の入り混じった視線を注いでいる。こんなバカげた嫌がらせに二日間振り回された人たちの、怒りがこの公園の一画を支配している。

だけど——。

ほんのちょっとだけ、僕は思ってしまった。

その気持ちが理解できるかもしれない、と。

僕はいまでも美星さんを女性として愛している一方で、バリスタとしては崇拝に近い感情を持っていた。僕が長年探し求めながらも自分で淹れることが叶わなかった理想のコーヒーを、彼女は僕と出会う前から掌中のものにしていた。そこに僕は畏敬の念を抱き、コーヒーに対する興味が先行してタレーランの常連客(マキアート)となった。けれども僕は自分の眼差しに時折、黒点のような小さな染みが混じるのを自覚してもいた。

名前をつけるなら、それは、嫉妬だ。

彼女のコーヒーに対する純粋な思い、探求心、情熱を目の当たりにして、僕は心のどこかで憧憬と表裏一体の嫉妬を、彼女に対して募らせていたのだ。自分はどうしても、その境地には至れないと思っていたから。

だから出会って日が浅いころ、彼女の淹れるコーヒーの味が落ちたと感じた際に、嬉々としてそれを指摘した。もちろん、彼女と縁を切るための口実ではあった。けれど、そうせずに済む方法はいくらでも考えられたにもかかわらず、あえて口に出したことは紛れもない事実なのだ。

その感情が、美星さんとの付き合いが長くなるにつれ薄まっていったこともまた、忘れてはいけない事実ではある。が、奥底に眠っていたそれが、タレーランで雇用され、バリスタとしての彼女を同僚という立場からながめるようになったとき、もしかするとほんの染み程度とはいえ、表に出てきてしまったのではないか。そういうことがなかったと、自信を持って断言できるのか。

いまのいままで僕は、僕と美星さんが別れたのは、美星さんのせいだと思っていた。忙しすぎて恋人と適切な関係性を構築する余裕がなく、断腸の思いで別れを切り出したのだろうと。日増しに憔悴していくなかで、大事なものどうしを天秤にかけた結果、僕との交際ではなくお店を守ることのほうを選んだのだろうと。だからいじけて、舞香と食事に行くという、当てこすりでしかない行動に及びもした。

だが、本当にそうだったのだろうか。

それまで隠していた僕の嫉妬が、この半年間、自分でも気づかぬうちに、美星さんの精神を少しずつ削っていた可能性はないのか。その蓄積に耐えられなくなったとき、恋人としてではなく従業員としての僕を選ぶことで、彼女は嫉妬が混じる状態を受け容れようとしたのではないか——一度ついてしまった染みは、そう簡単には落ちてくれないのだから。

あくまでも、意識的にそういった言動に及んだことはない。けれど、指摘されれば心当たりを生じるくらいには、嫉妬という感情に覚えがある。僕はラインラインのやりとりだけですべてを察したつもりで、踏み込んだ話をすることもなく、切り出された別れに応じてしまった。あれは傷つくことからの逃避で、振られた僕にはそうする権利があるとさえ思っていたが、本当は自分にも原因のある傷を、彼女に全部負わせてしまう行為にほかならなかったのかもしれない。

——だからこそ、ちょっとは理解できてしまうのだ。

幼なじみであり親友の中田朝子を心から慕いながら、嫉妬に狂って大事なイベントを台なしにした、星後望の気持ちが。

中田朝子は、何を思ったのだろう。

「いかがされますか、中田さん。基本的には、イベントの責任者であるあなたが、星後さんの処遇を決めるべきかと思いますが」

美星さんが事務的な口調で言うと、全員の注目が中田に集まった。

動揺していなかったはずがない。それでも中田は深呼吸を一度しただけで、気丈に振る舞った。

「会社としては、望に損害賠償請求をすることになると思います。被害に遭われた太陽珈琲さんとタレーランさんにも、何らかの形で補償ができるかと。真犯人が判明したいま、あらためて刑事事件にする必要はないでしょうが、いずれにしてもわたし一人で決められることではありませんので、これ以上のお話は現段階では致しかねます。すみません」

皮肉にも、僕は星後が語っていた中田の強さを、ここで再度知ることとなった。彼女の対応は、実に堂々たるものだった。

一拍おいて、中田は続ける。

「友達としては」

星後が涙でぐちゃぐちゃになった顔を上げる。

中田の声は、震えを帯びていた。

「甘いと言われるかもしれませんが、たった一度の過ちで、大好きな望を嫌いになることが、わたしにはどうしてもできそうにありません」

「朝子ちゃん……」石井がつぶやく。

「このたびのトラブルは、望だけの問題ではありません。望と、わたし自身の問題でした。イベントへの出店を快く承諾してくださった、本当に素敵なみなさまを、そのような私的なトラブルに巻き込んでしまい、疑心暗鬼にさせ、苦い思いをたくさんさせてしまったことは、悔やんでも悔やみきれません」

中田が星後の隣に正座する。

そして、頭を下げた。

「本当に、申し訳ございませんでした」

「申し訳ありませんでした！」

星後も中田に倣って、額を地面につけた。

「ど、土下座なんかやめなって朝子ちゃん！　きみがそこまですることを、誰も望んじゃいない」

石井が中田の肩を持って立たせようとするも、彼女は石になったように動かない。

そのとき、思わぬ人物が口を開いた。

「……人は間違いを犯す生き物だよ」

舌瀬舞香だった。その台詞には、覚えがあった。

「心のバランスを崩してよろめき、越えてはいけない一線を越えてしまうこともある。もちろん、それに対して相応の罰は受けるべきだ。そのために、法律やルールはあるんだ。やり直す道を閉ざせば反省する意味もなくなってしまうし、僕はそういう世の中を是としたくない」

突然の口上に、誰もが怪訝そうにしている。舞香は僕のほうを指差した。

「ゆうべ、彼が言ってたの。ウチ、それ聞いて、すごくいい言葉だと思ったんだ」

中田と星後が、顔を上げる。

「ウチもいっときは犯人扱いされたし、正直いまでもめっちゃムカついてる。けどさ、昨日知り合ったばっかでも、ウチはのぞみんのこと極悪人だとは思えないんだよね。だって、もっとイベントが中止になるくらい大きな騒ぎを起こすこともできたはずなのに、結局はペーパーフィルター切って、たった一個のタンブラーに害のない苦味剤入れて、自分で火傷しただけでしょ？　そんなの、子供のいたずらみたいなものじゃん」

彼女の意見を、真っ当だと思っている人間はいなかっただろう。だが、彼女が言うからこそ、不思議と空気を動かす力があった。まるで大犯罪者を見るようだった、星後に向けられたみんなの眼差しが、催眠術から醒めたかのごとく、体温の宿ったものへと変化したように感じられたのだ――あるいはそれは、舞香と考えが共鳴した僕の、都合のいい願望だったのかもしれないが。

「のぞみんと朝子ちゃんはもう謝ってくれたんだしさ、あとは償いっていうのかな、何か埋め合わせでもしてくれたら、それでよくない？　土下座なんてされても、ウチらちっともうれしくないじゃん。だからさ、これでもう、終わりにしようよ」

「私も舞香さんの考えに賛同します。被害者の一人として」

美星さんが、ただちに援軍に回った。

「私たちも、賛同します」

同じく被害に遭った太陽珈琲の幸代が言い出したのに対し、堅蔵が泡を食って反発する。

「おい！　勝手なことを――」

「あなたは黙ってて」

それまで寡黙だった幸代の、見たことのない剣幕に、堅蔵は穴の開いたアルミ風船みたいにしぼむ。家庭での上下関係がにじみ出た瞬間だった。

「私たち夫婦にも、星後さんや中田さんと同じくらいの娘がいます。母親の私から見ても本当にバカで、浅はかで、しょっちゅうハラハラさせられます。でもそれは、歳を重ねた誰しもが通ってきた道ではないでしょうか」

米田夫妻の次に年長で、既婚者の森場がうんうんうなずいている。

「星後さんは、すでに社会的に責任のある大人ですけど、私たちから見ればまだまだ若い。過ちを犯した若者を、鬼の首を取ったように叩き潰すのではなく、正しい方向へ導いてあげるのが年長者の役目だと私は思います。ですから、私たちもタレーランさんと同じように、これ以上の謝罪を要求しません。いいわね、あなた」

「……おう」

堅蔵が、不承不承ではあったけれど、首を縦に振った。

中田や星後が何も言い出さないので、美星さんが率先して舵を取る。

「みなさん、異論はありませんか」

過ちを犯した過去を持つ石井と冴子が、舞香の雇い主である足伊豆が、運営スタッフの伊原と上原が、そろって賛意を示す。星後たちより歳下の青瓶はシニカルに笑っていたけれど、反対はしなかった。

舞香や幸代の熱弁のおかげで、このまま話はまとまるかと思われかけた——ところが。

「待ってください」

その流れを堰き止めたのは、錦戸徹だった。

「まず、モンキーズカフェを代表してみなさんに謝罪させてください。当店が参加しなければ、このイベントは大成功に終わっていたはずだ。深くお詫び申し上げます」

いまさら彼を責める者はいない。反応がないのを見て、錦戸は続ける。

「次に、中田さん。モンキーズカフェはチャンピオンの称号を返上します。そんなもの、受け取れない。第一回京都コーヒーフェスティバルのチャンピオンは、次点のロックオン・カフェさんの繰り上がりということでお願いします」

「あ……そうですね。ロックオン・カフェさんはどう思われますか」

正座のままで意思を確認する中田に対し、森場は答える。

「本意ではありませんが、この状況に鑑みると、お受けせざるを得ないでしょう。モンキーズカフェさんは、不正をして他店の投票を減らしたという解釈もできますから」

錦戸が森場に盾を渡す。第一回京都コーヒーフェスティバルのチャンピオンの栄冠は、大本命のロックオン・カフェに決まった。

「最後に――舌瀬さん」

ここで名前を呼ばれるとは思わなかったのだろう、舞香がびくっとする。

「僕も、あなたのご意見に賛同します。賛同というのは、相応の罰は受けるべきだとおっしゃったことも含めて、です」

それは確かに舞香の意見だが、僕の台詞でもある。先が読めず、僕は身を硬くした。

錦戸は、星後に向き直る。

「望」

閻魔の裁定を待つ罪人かのような視線を、星後は錦戸に向けた。

「きみとはもう終わりだ。従業員としても、恋人としてもだ。ここにいるみなさんがお優しいから、なおさら僕だけは、きみに厳しく当たらなければならない。コーヒーのイベントを私怨のために破壊するような人間とは、カフェの店員としてはおろか、人としても向き合っていけない」

――これが、錦戸の言った、罰なのだろう。

星後の顔に絶望が浮かぶ。それでも、彼女は抗(あらが)わなかった。

「……はい。いままで、ありがとうございました」

再び背を丸め、土下座の姿勢になって啜り泣く。

錦戸が背を向け、モンキーズカフェのブースのほうへ去っていく。彼の目の端に、悲しいきらめきを見たのは気のせいだったか。

いたたまれなくなって、一人また一人とその場を離れ始める。そうして僕もタレーランのブースへと戻りつつ、最後に振り返ったとき、星後のそばには中田だけが寄り添っていた。

恋人たちは破局を迎えた。星後望が絵馬に書いた願いごとは、またしても叶わなかった。

彼女自身が、その手で穢(けが)したのだ。

エピローグ　祀りのあとで

「本当に、ありがとうございました」

　中田朝子が、上半身と下半身が外れそうな勢いで、頭を下げる。

　狂乱と悲哀に満ちた第一回京都コーヒーフェスティバルが閉幕し、僕と美星さん、それに藻川氏がタレーランのブースで片づけを進めていたところだ。忙しいだろうに、中田がお礼のためにわざわざバックヤードまでやってきたのだ。星後はすでに帰したらしい。

　美星さんは、かぶりを振って応じた。

「私が指摘しなくても、遠からず星後さんは中田さんに罪を告白したことと思います。あなたの優しさを前に、彼女はいずれ良心の呵責（かしゃく）に耐えられなくなっていたでしょう」

　僕でなくても、これが気休めでしかないことくらい察せられただろう。中田は上体を戻し、メランコリックに言う。

「……わたし、よかれと思って、望に絵馬の話をしてたんです」

「と、言うと？」

「望はわたしのこと、努力家だと思ってたみたいですけど。わたしから見れば、望こそ大変な努力家だったんです。でもなぜか、何をやってもうまくいかなくて」

そういう人に、僕も心当たりがある。残念ながら世の中は、いつだって不公平で不条理なものなのだ。

「そうやって失敗した人に『なぜあなただけうまくいったのか』って訊かれて、努力の差だなんて言えますか？　わたし、そんなこと思ってもみませんでした。それで、絵馬を書いたからかな、って」

「じゃあ、コウイチくんの件は……」

「『どうやって彼を振り向かせたの』って訊かれてようやく、望の気持ちに気づいたんです。それで、絵馬のことを言うしかなくて。気づいたことを悟られたくなくて、無理に笑ってみせたんですけど……そんなことが繰り返されるうちに、いつの間にかわたしのほうでも、望に対する釈明のために絵馬を書くようになってました。もちろん、それで実際にわたしの願いごとが叶っていたことのほうが大きかったけど」

「星後さんも絵馬を書いていたことは？」

「誓って言いますが、まったく知りませんでした。彼女はいつも、『私も絵馬を書ければよかった』って言ってたから……いまにして思えば、どこかのタイミングで、望もて絵馬を書いたんじゃないかと疑うべきでしたよね。知ってたら、絵馬のおかげだなんて絶対言わなかったのに」

「中田さんが悔やむことはないと思います。それもあなたの優しさだったことは、誰よりも星後さん本人がよくわかっておられるでしょうから」

考えるような間をおいて、中田はありがとうございます、とつぶやいた。

「確かに望は切間さんに糾弾されなくても、近い将来、自分からわたしに謝罪してくれたかもしれません。でも、わたし一人だけ真相を知ってしまったら、たぶん会社には言えなかったと思います。それは望のためにも、わたしのためにもなりません。切間さんがいてくれてよかったです」

「お力になれたのなら幸いです」

「望は過ちを犯して、職も恋人も失ってしまったけど、わたしは彼女が立ち直るまで、そばにいて支えてあげようと思います。原因を作ってしまった者として――でなければ、彼女の友達として」

「すごく苦しかったはずなのに、星後さんと一緒に謝罪されたこと、本当にご立派でした。あなたの企画したイベントに参加できて、よかったです」

中田の目に、涙が浮かぶ。

「……もったいないお言葉です。このご恩は一生忘れません」

「そんな、大げさな。よかったら、また呼んでくださいね」

「はい！」

中田は笑顔になり、涙を拭いた。そこに、やたら大きな声が飛んでくる。

「朝子ちゃーん！」

石井春夫である。体をくねくねさせながら、イシ・コーヒーのブースのほうから駆け寄ってくる。

「石井さん、このたびは何から何まで本当にお世話になりました」

「いいっていいって。ほかならぬ朝子ちゃんの頼みなんだからさ。おれだって、力になれてよかったよ」

相変わらず、いい人すぎて気味が悪い。やっぱり腹に一物あるんじゃないかと勘繰ってしまう。というか、中田のことが好きなんじゃないか？

などと思っていたら、

「落ち着いたら、またイシ・コーヒーに遊びに行きますね。彼氏と一緒に」

「おう。彼にもよろしく言っといて」

というやりとりが続いて、拍子抜けした。中田には、恋人がいるのか。そう言えば絵馬の書き手を特定する局面で、中田だけはいま恋人がいるかどうかを問われなかった。自分で自分の絵馬の願いごとが成就するのを妨げるなんて破綻しているから、当然ではある。

「わたし、これからほかのブースも回らなきゃなんですけど。石井さんのとこは、もう片づけ終わったんですか？」

「あらかたね。引き止めないから、気にせず行っていいよ。おれ、美星ちゃんに話があってここへ来たんだ」

美星さんに？　いぶかしく思っていると、

「ちょうどよかったです。私も、石井さんにお訊ねしたいことがありました」

美星さんは美星さんで、そんなことを言う。

では、と言い残して立ち去る中田を見送ったところで、石井は先を譲った。

「で、美星ちゃん。おれに訊きたいことって何？」

「結局、今回の妨害騒ぎに石井さんは関わっておられませんでした。頭から疑ってかかってしまい、申し訳ありませんでした」

「そんなの別に、気にしてないって。身から出た錆だもん」

「しかし、そうなるとやはり不思議なのです。石井さんは、どうして今回のイベントにうちのお店を推薦してくださったのですか」

その件を忘れていた。僕と美星さんは一度、美星さんにダミー推理を解かせるために純喫茶タレーランを推薦したのではないか、と考えた。だが、石井が披露したダミー推理は、つまるところ彼に巧(たく)まれたものではなかった。となると、美星さんの役割がいまだ不明のままなのだ。それとも本当に、ほかに当てがなかっただけなのか？

石井はあっけらかんとして、

「何だ、そのことか。じゃあ、おれの話がそのまま答えになるね」

どういう意味だろうと首をかしげる僕をよそに、石井は両手を美星さんのほうへ差し出す。手のひらを上に向け、何も持っていないことを示している。

ところが次の瞬間、石井がグーにした右手を上下に振ると、その手に一輪のバラが現れた。

「マジック……？」

美星さんはぽかんとしている。

石井は地面に片膝を突く。そして、バラを差し出しながら言った。

「美星ちゃん。おれは、あなたのことが好きです。付き合ってください！」

……え？

えええええぇぇぇぇっ！

「えええええぇぇぇぇっ！」

心の声がそっくりそのまま漏れてしまった僕を、石井はにらみつける。

「外野、うるさいぞ」

そりゃうるさくもなるだろう。というか、外野じゃないし！

「あの……本気、なのですか」

困惑する美星さんに、石井は畳みかける。

「二年前、第五回KBCですべての謎を解き明かすあなたを見たとき、おれはあなたの聡明さと、曲がったことを許さない芯の強さに惚れました。あの日以来、あなたのことを忘れた日は一日たりともありません」

「あのときは、とてもそのような態度にはお見受けできませんでしたが……」

「上岡さんからKBC追放を告げられた際に、おれが抵抗したのを憶えているかい？あれは、来年以降も出場すれば、また美星ちゃんに会えると思ったからなんだ」

憶えている。石井は前回大会での妨害を否認することで、自身の罪を軽く見せようとしたのだ。思い返しても、実に往生際の悪い振る舞いだった。

「もちろん、あれだけの罪を犯していながら、すぐに美星ちゃんに振り向いてもらえるなんて思っちゃいませんでした。おれは自身の過ちと、バリスタとしてのプライドのなさを深く反省し、いつか美星ちゃんに認めてもらえるバリスタになれるよう、この二年間、必死で研鑽を積んできました。あなたはご存じないかもしれないけど、イシ・コーヒーはいまやサイフォンコーヒーの名店として、たびたび取材を受けるまでに成長しました」

僕は、中田が話していた石井評を思い出す。

――わたしがイシ・コーヒーにかよい始めてもう一年半になりますけど、石井さんはいつも気さくで、コーヒーのことを真剣に考えていて……。

――でも、石井さんの淹れるコーヒーがおいしいと思ったのは本当です。

――そりゃあ石井さん、キャラはちょっと気持ち悪いですけど、バリスタとしては一流です。そうじゃなきゃ、わたしだってかよったりしません。あんなに気持ち悪いのに。

あれらは、中田の目が曇っていたのではなかったのかもしれない。そして、

――おれ、あれからすごく反省してさ。やっちまったことはもう取り消せないけど、心を入れ替えて、コーヒーとしっかり向き合ってきたんだ。このイベントは、それを証明する場だと考えてる。

――だからさ、美星ちゃんに伝えといてくれよ。この二日間、おれ一所懸命がんばるから、その姿をぜひ見てほしい。そして、もしおれの努力を認めてくれたなら、二年前の件を許してほしいんだ。

あの石井本人の発言も、美星さんに媚(こび)を売るためであったと同時に、実情を表してもいたのかもしれない。だとしたら、信じられるわけがないと切り捨てたことについては、僕が悪かった。自業自得でもあるとは思うが。

「あれから二年が経ち、ＫＢＣのほとぼりも冷めたんじゃないかと思い始めたころ、朝子ちゃんが今回のイベントの企画を持ってきたんです。おれは、生まれ変わった自分を見てもらいたくて、タレーランを推薦しました。でも、あいつと付き合ってるって聞いて、いまはまだその時期じゃない、とにかくイベントに専念しよう、と気持ちを切り替えたんです」

石井が僕を何かと敵視していた理由が、ここで判明する。付き合ってると聞いてショックを受けていたのも、そういうことだったのだ。

「だけど、そう簡単にあきらめきれるような思いじゃなかった。イベント中、何度となく推理を披露して事件を解決に導こうとしたのも、朝子ちゃんやイベントのためでもあったけど、おれは聡明な美星ちゃんに少しでも近づきたかった。そうして、あなたに見直してもらおうともがいてたんです」

結果的に石井の推理はすべて誤りだったが、その都度関係者を納得させてきたことは事実だ。恣意的に真相を歪めたのではなく、真摯に事件に向き合っていたのだと、いまになってみればわかる。

「そしてついさっき、二人が別れていたことを知りました。おれの思いは、もう止められません。二年間、ずっとあなたにまた会いたいと思いながら、そのたびにまだ会いに行くべきじゃないと自分に言い聞かせ、やっと今日という日を迎えたんです。だから、お願いします。おれと付き合ってください！」

再び交際を申し込み、石井は深く頭を下げた。

さぁ美星さん、どうするんだ？

まさか……いや、まさかな。そう思いつつも、僕の心臓は高鳴っている。美星さんと石井がくっついたりなんかしちゃったりしたら、ナントカレビューが荒れに荒れる……じゃなかった、僕の心が荒れ狂うだろう。でも、止める権利は僕にはないのだ。

美星さんは、僕のほうをちらりと一瞥する。

そして、答えた。

「ごめんなさい」

よかったー！　危ねー耐えたー！

「えっ、だめ？　おれ、歳上だし包容力とかあると思うよ。お店も儲かってるから金だってそこそこ持ってるよ。美星ちゃんの言うことなら何でも聞くよ」

またも往生際の悪い姿をさらす石井に、美星さんは苦笑いを浮かべて言った。

「お気持ちはうれしいです。ＫＢＣのときの印象は最悪でしたが、この二日間を通じて、石井さんが変わられたこともよくわかりました。でも、ごめんなさい。私には、心に決めた人がいるのです」

えっ？　さっき、トップギアに入れたと思った心臓が、もう一段階鼓動を速くする。

美星さんは石井のもとを離れ、数メートルの距離を置いて立っていた僕の正面にやってくる。

そして、言ったのだ。

「アオヤマさん──いえ、青野大和さん。もう一度、私とお付き合いしていただけないでしょうか」

これは……夢か？

へどもどしながら、僕は問う。

「いや、だって、あなたが従業員の関係と恋人の関係を両立できないからって、前者を選んだんじゃないですか……」

「はい。だから、クビにしました」

理解するのに、数秒を要した。

「えっ──あぁ、そういうこと！」

日暮れの空の下、彼女は頰にまたも夕焼けを浮かび上がらせる。

「勝手なことばかり申しているのは百も承知です。大目に見てほしいなどとは、つゆほども思いません。ですが、あのときはお店を守りたい一心で、別れを選ぶしかなかったのです」

まぁ、わかる。誰よりも近くで、憔悴する彼女を見ていたのだから。

「一度は送ったメッセージの送信を取り消したのも、おじちゃんが元気になったらやり直したい、と送ったあとで、そんな曖昧な約束であなたを縛りつけるわけにはいかないと考え直したからでした。そして、いまやおじちゃんはすっかり回復し、従来どおりの勤務が可能になりました。あなたのおかげで、純喫茶タレーランは守られました」

「僕のおかげだなんてことはないと思いますが……」

「とはいえ、あなたはタレーランの再建のために、転職までしてくださった方です。いまさら辞めてくださいなどとは、口が裂けても言えませんでした。それで、どうすべきか迷っていたところに、あなたが舞香さんと食事に行ったことを知ったのです。私は――たったそれだけのことが、本当に苦しくて――」

次の瞬間、僕は目を疑った。

美星さんの頰を、涙が一筋、伝ったのだ。

「あなたを失う恐怖を味わったのは、二度めでした」

一度めは、出会った年のクリスマスの日。

あれから三年近い月日が流れ、彼女は再び恐怖を味わった――みずから別れを告げたときには、その恐怖は訪れなかったのだ。

「わかっています。私が別れようと言ったのですから。あなたが誰と食事に行こうが、その先に何があろうが、どうして非難できるでしょうか。なのに私、嫉妬してしまったんです。舞香さんに」

ああ、ここでも出てくるのか。嫉妬という、厄介な感情が。

僕は、舞香の誘いに応じたことを後悔した。食事に行くだけだからいいだろう、もともと僕に非はないのだから、と軽く考えていた。美星さんが、ここまで傷つくとは思わなかったのだ。

「私はこれまで、自分は正しい選択をしたのだと思い込もうとしていました。あなたのことは好きだけど、それでも別れを選んだのは、どうしようもないことだったのだと。そこにはきっと、従業員としてのあなたと接し続ける限り、あなたはどこへも行かないと高をくくる傲慢さがあったのだと思います。結局、どこまで行っても私は、あなたの優しさに甘えるだけの身勝手な人間でした。あなたが昨晩の出来事を話してくれたおかげで、そんな自分の愚かさを、初めて省みたのです。それで、タレーランを辞めてもらおう、そしてよりを戻そうと決心して……でも、あなたも同じ気持ちでいてくれてるかどうかはわからなくて、だからあなたが書いた絵馬を見つけたときは、心底ほっとして……」

彼女がどうにか平静を保てたのは、そこまでだった。

決壊したように、涙がぽろぽろとこぼれ出てくる。

「ごめんなさい……やっぱり、あなたのことが好き。私には、恋人としてのあなたが必要なの。本当にごめんなさい……」

「もういいよ。美星」

僕は、彼女をそっと抱き寄せた。

「僕も、バリスタとしてのきみに嫉妬していた。知らず知らずのうちに、きみを苦しめていたんじゃないかと思う。つらい決断をさせてしまって、本当にごめん」

「ううん……悪いのは私」

「もう一度、やり直そう。僕はタレーランを辞めるよ。僕だって、いまでもきみのことが大好きなんだから」

「わぁ……よかった、本当によかった……」

僕の胸で、彼女がわんわん声を上げて泣く。つられて僕も、涙を流した。

二人の世界に浸っていたら、すぐ近くから叫び声が聞こえた。

「──結局、おれは噛ませ犬かよ！」

石井は顔を真っ赤にして、地面を踏み鳴らし去っていった。彼がひざまずいていた位置には、折れ曲がった一輪のバラが残されていた。

気がつくと、石井のほかにもギャラリーが集まっている。僕らも石井に負けず劣らず顔を真っ赤にして離れると、乱れた衣服を整えた。

「では、残りの片づけもやっちゃいましょう。美星さん」

「いえ、あなたはもはやタレーランの従業員ではないので、お帰りいただいてかまいません。アオヤマさん」

「わかりました。では、僕はこれで」

「はい。お疲れさまでした」

そそくさと帰ろうとする僕。北の方角に足を向けると、右側から声をかけられた。

「今夜も一杯どう？　なんちゃって」

舌瀬舞香が頭の後ろに手を組み、唇をとがらせている。

僕は立ち止まって言った。

「全部、聞こえてたんだろ。隣のブースだし」

「まぁねー」

「いろいろあったけど、結果的にはきみのおかげで美星さんと復縁できたよ。感謝してる」

「ウチはちょっと残念だったけどねー。ま、しょうがないか」

「よく言うよ。どうせ酔っぱらってただけで、本気じゃなかったくせに」

すると、彼女は《んふー》と笑った。

「では一つ、いいことを教えて進ぜよう」

彼女は僕に近寄ってくる。そして、耳打ちした。

「ウチ、実はザルなんだよね。一晩じゅう飲んでも酔っぱらわないの」

――ごめん。悪酔いしちゃったみたい。お酒、そんなに強くないんだ。

では、あれは嘘で、その前の発言はすべて本心だった――？

僕はぶんぶん頭を振って、その考えを追い出した。美星さんという人がありながら、ほかの誰かに心揺さぶられることなどない。まぁ、本当に皆無かって言われるとその、近年話題のＰＭ２・５一粒くらいは……。

「またどこかで会おう。第一回京都コーヒーフェスティバルをともに戦った、戦友として」

僕が言うと、舞香は両手を狐の形にして口をぱくぱくさせた。よくわからないが、彼女なりの別れの挨拶らしい。

岡崎公園の敷地を出れば、眼前に平安神宮の応天門が見える。吸い寄せられるように門の前に立ち、奥の大極殿を見据えた。

絵馬に書いた願いごとを、反芻(はんすう)する。

〈何もかもが元どおりになりますように〉

すべてが聞き入れられたわけではない。それでも、美星さんとの復縁は叶えられた。それが一番の願いだったから、僕は平安神宮の神様に感謝している。

参拝の前に手水舎できちんと手を洗ったことが、結果的には犯人の特定に大きく貢献した。案外、神様のえこひいきの理由はそんなところにあるのかもしれない、とも思う。スピリチュアルなことを言いたいわけではない。ささやかなことでもなおざりにしないとか、日常の一つひとつの所作を大切にするとか、そういう心がけがめぐりめぐって大願成就に結びつくのではないか、と——こんなこと、星後望にはとても言えないが。

どんなに強く願っても、叶わないことは数限りなくある。嫉妬のような醜い感情で、みずから台なしにしてしまうこともある。本人に何の落ち度もなくても、神様に聞き届けられないことも。

願いが叶わずに、一切合切を呪いたくなる気持ちはわかる。ほんの染み程度でしかなかった感情が、そのせいで肥大化しどす黒くなってしまうことだってあるだろう。

それでも僕らは顔を上げ、歩み続けるしかないのだ。世の中は、いつだって不公平で不条理なものなのだから。

わかっていても人は、願わずにいられない生き物なのだから。

京都という地が招いた悲劇を思いながら、僕は大極殿のほうへ向かって礼拝する。

縁結びの神様、僕の願いを聞き入れてくださって、本当にありがとうございました。今度こそ、彼女とうまくやっていきます。

今回の美星さんのように、上手に使いこなせば嫉妬が、願いを叶える原動力になることもあるだろう。そうとでも思うしかないではないか。この、醜い感情と付き合っていくためには。

背を向けて、平安神宮を去る。絵馬の願いごとが完全に聞き入れられたあかつきには、あらためてお礼参りに来なければな、なんてことを考えながら。

――結論から言うと、その時機が来るまでにはちょうど一年、待つことになる。

僕との順調な交際を継続しつつ、美星さんは折に触れ、もろもろ落ち着いて心身にゆとりができたらあらためて僕を雇い戻したい、との意向を示していた。僕は彼女の気が済むようにすればいいと思ってはいたものの、期間限定という前提での新しい職探しに気乗りせず、森場や冴子らの厚意で、他店の人手が足りない日にヘルプで入るなどしながら、何とか日々を食いつないでいた。

そして翌年の一〇月、よく晴れた土曜日のこと。

久々に紺のエプロンを身に着けた僕に向かって、美星さんは言う。

「アオヤマさん。おかえりなさい」

「ただいま。店長、オーナー、今日からまたよろしくお願いします」

お辞儀をした僕の耳に、二人ぶんの拍手が聞こえた。晴れて、タレーランの従業員として復帰した瞬間だった。

仕事内容は忘れていなかった。適宜、美星さんの指示を仰ぎながら、お湯を沸かし、食器を洗い、コーヒー豆を挽き、状況しだいではドリップもおこなう。

初日の緊張感も解けてきたころ、カップルらしき男女の客がやってきて、テーブル席に座った。女性のほうが、男性に言う。

「やっぱりいまは結婚できひんって言うんやったら、理由を聞かせてもらえる？」

男性が答える。

「実は、昔の恋人にストーキングされているかもしれない」

盗み聞きとは趣味がよろしくないが、聞こえてしまうものは仕方がない。不穏当な単語につと隣を見ると、美星さんも興味が湧いたことを隠し切れない様子で、コリコリとコーヒー豆を挽き始めた。

さぁ、今日もまた美星さんの名推理が始まる。

【引用文献】

『オール・アバウト・コーヒー：コーヒー文化の集大成』

ウィリアム・H. ユーカーズ著 UCC上島珈琲監訳 （ティービーエス・ブリタニカ） 一九九五年

主要人物の氏名につきまして、クラウドファンディングのリターンとして支援者から頂戴したお名前を使用しました。

本書は書き下ろしです。

この物語はフィクションです。作中に同一の名称があった場合でも、実在する人物・団体等とは一切関係ありません。

宝島社
文庫

珈琲店タレーランの事件簿8
願いを叶えるマキアート
（こーひーてんたれーらんのじけんぼ8　ねがいをかなえるまきあーと）

2022年8月18日　第1刷発行

著　者　岡崎琢磨
発行人　蓮見清一
発行所　株式会社 宝島社
〒102-8388　東京都千代田区一番町25番地
電話:営業 03(3234)4621／編集 03(3239)0599
https://tkj.jp
印刷・製本　中央精版印刷株式会社

ISBN 978-4-299-03242-3